国家出版基金项目
NATIONAL PUBLICATION FOUNDATION

国家出版基金资助项目
社会主义核心价值体系建设“双百”工程重点选题

诚信天下

吕明晰 主编

HITP 哈爾濱工業大學出版社

图书在版编目(CIP)数据

诚信天下/吕明晰主编. —哈尔滨：哈尔滨工业大学出版社，2012.11
（弘扬社会主义核心价值观系列丛书）
ISBN 978-7-5603-3644-2

I.①孝…II.①吕…III.①故事-作品集-中国-当代IV.①I247.8

中国版本图书馆CIP数据核字（2012）第149700号

策划编辑　李艳文　房俊春
责任编辑　王雪婷　姜丹丹
封面设计　李新英
出版发行　哈尔滨工业大学出版社
社　　址　哈尔滨市南岗区复华四道街10号　邮编 150006
传　　真　0451-86414749
网　　址　http://hitpress.hit.edu.cn
印　　刷　哈尔滨市石桥印务有限公司
开　　本　787mm×1092mm　1/16　印张 18　字数 230千字
版　　次　2012年11月第1版　2012年11月第1次印刷
书　　号　ISBN 978-7-5603-3644-2
定　　价　39.80元

主　　编　吕明晰

编写人员　(以姓氏笔画为序)

陈　沛　王　洁　卢松波　吕明晰

吕　琳　刘　雯　刘　晖　孙立军

孙华超　邱长海　何　琳　王建平

张　雷　张　晋　李秀伟　李德花

邹珊珊　吴　雷　孟广征　房雪冰

林　静　逄海燕　姜良巨　胡　伟

凌　寒　徐　昕　韩　莹　谭悦祎

美术设计　王京明　吕海弦

封面设计　李新英

摄　　影　吕明晰　陈　沛　施晓亮

出版者说

孝道诚信——诠释人性善与美

当许多时代英雄的名字扑面而来时，人们不禁热血沸腾、豪情激荡！久存于心底的渴望瞬间被释放出来，迸发为一种极具力量的感动，让我们的心重新被善与美温暖！

是的，这样的感动已经久违了！在经济大潮的涤荡中，拜金主义的赤裸似乎已登峰造极，难以抵挡的物欲好像无坚不摧……然而就在此时，一幕幕向善的壮举像闪电划破夜空，它让浮躁与浅薄变得苍白；让犹疑和迷惘远离人群；让信心与理想重新回归！

也许你会说：英雄豪杰毕竟是凤毛麟角，他们离平民百姓距离太远。可是我想告诉你：在你身边就有许多貌不惊人的小人物，他们的行为与品格令人十分敬佩；在你周围也发生着许多毫不起眼的平常事，其中蕴含的境界同样感人至深！

一位将青春献给山区孩子的乡村教师；

一位倾囊救助弱势孤儿的杰出“母亲”；

一位率领乡亲劈山修路的当代愚公；

一位辛勤侍奉几十位老人的女院长；

一位让众多浪子回头的慈爱“妈妈”；

一位情系贫困艾滋孤儿的当地富婆；

一位护理三位失能“亲人”的残疾继父；

一位照顾丈夫前妻双亲的孝顺“女儿”；

……

所有这一切都让人动容！在爱的海洋里，他们不过是沧海一粟；在华夏文明的卷帙里，他们不过演绎了一幕幕凡人小事，特别感人的正是平凡之中蕴含的崇高！在这里，你看到了闪耀着民族精神的诚信之光，它恰如汪洋大海中的点点滴滴，绵绵不绝地传承着华夏文明的悠远血脉。

此刻，如果谈到人性的正能量、核心价值观，你可能会觉得话题太大太长；若引用先哲的训诫“厚积小善筑大爱”，你一定会更加认同！

我们炎黄子孙早就有一个共识：自古英雄出平凡，仁爱至善在民间。书中那些感人的故事也再一次证明了一个道理：积善成德耀中华，不负江河万古流！

作者心语

讲诚信 就是讲道德

吕明晰
（中国老龄事业发展基金会孝文化传播委员会副主任，山东卫视《天下父母》栏目导演）

诚信是道，是自然法则，是规律。讲诚信，就是人类顺应大自然的规律和法则。老子在《道德经》里讲，人法地，地法天。天法道，道法自然。天地自然都是讲诚信的，你看，早上太阳从东边升起，下午从西边落下，亿万年来从不违约；该下雨的时候下雨，该下雪的时候下雪，各种节气、时令从不失信。而人类的行为就是在遵循道的规律，自然的法则。几千年来，人类社会才有了长足的发展和极大的进步。于是，我们可以断言：按道行驶，人类就会与天地和谐，与社会和谐，与自身和谐。反之，就会灾害不断，祸乱不断。所以，讲诚信就是循道而行，就是讲道德。就是做有道德的人。

讲诚信，是中国人几千年的道德追求。曾几何时，有那么多诚信的成语、格言、故事流传千古，像“一诺千金”，“伯牙摔琴”，“童叟无欺”，“君子一言，驷马难追”等等，都记录了中国人自古重诺守信的优秀品格。但不知道从什么时候开始，这一切好像悄悄发生了改变，而且变得让人不敢相信这是在有着五千年文明史的古老的中国。看看我们的餐桌，有哪一样东西可以让人放心地去食用？从鸡鸭鱼肉，到奶制品，再到主粮蔬菜，每隔几天，就要出现一种让人不敢吃的东西，而且越来越多。难道仅仅是我们的食品吗？老人马路上跌倒了没人敢扶，小悦悦被汽车撞了，十八个路人视而不见。中国社会人与人之间的信任，中国人的道德大厦，已经受到了根本的损伤。可以说，我们的社会已经陷入了严重的诚信危机。如果我们还不赶紧行动起来，全力重建我们的道德大厦，那么，我们经过三十多年辛辛苦苦取得的物质文明建设的成果，很可能会因为道德大坝的坍塌而毁于一旦。这绝不是危言耸听。前不久，《求是》杂志上刊登了一篇文章——《物质贫乏不是社会主义，精神贫乏也不是社会主义，道德沦丧更不是社会主义！》，说的就一针见血，发人深省！

中央政治局常委李长春同志，在《光明日报》对山东卫视《天下父母》长篇报道上做出的批示指出："道德建设是社会主义核心价值体系中四个组成部分之一，要探索树立正面典型为主，辅之以必要的舆论监督，特别是全社会关注的诚信问题、孝道问题，要作为道德建设的重点实实在在地加以推进！"

我们出版这套丛书，就是贯彻落实中央领导的指示，贯彻落实党的十七届六中全会的精神，就是为了重建支撑了我们中华民族几千年屹立不倒的道德大厦，唯有如此，我们才能在未来发展的道路上，越走越宽广，越走越顺畅！

诚信是社会安定的基石，如果没有了诚信，人就没有了安全感，没有安全感，人就谈不上幸福。孔子有一次和他的学生探讨治国的问题，他的学生问他："一个国家当被敌人围困了以后，最重要的三个基本条件是什么？"孔子说："粮，兵，信。"学生又问："如果三个条件只能保留两个，那留哪两个？"孔子答："粮和信。"学生再问："如果只能留一个呢？"孔子答："信。"可见，信用对一个国家的兴亡具有多大的价值和意义。

山东卫视的《天下父母》，是一档弘扬中华民族优秀美德的电视栏目，创办八年来，紧紧围绕"孝道"和"诚信"这两大主题，推出了一大批感天动地的道德模范，可歌可泣的优秀人物，对社会和谐起到了积极的推动作用。

像朱邦月、董富梅、李凤琴等一大批坚守诚信的道德模范站到了我们面前。他们以真实可信的形象，感召着身边的人，影响着更多的人。我们编撰这套丛书，目的就是要唤醒每个中国人本有的孝道、诚信基因，而这个基因一旦被唤醒，那我们这个民族的强大的道德力量就会极大地焕发出来，而道德的光芒一旦发散出来，将会比一千个太阳还要灿烂！

但愿我们全社会共同努力，为实现这个美好的目标尽其所能，从我做起，从现在做起，为重建道德大厦提供一片瓦，一块砖，一份情，一颗心！做有道德的中国人，让我们开始行动吧！

序

诚信——实现和谐社会的道德基石

孙春晨

（中国社会科学院哲学所研究员，中国伦理学会秘书长）

诚信既是个人的美德，又是维持社会秩序的伦理原则。中华民族伦理文化特别重视诚信对于社会进步和人生发展的作用。在当代中国，诚信是构建和谐社会的道德根基，是处理人与人、人与社会关系的道德规范。人人讲诚信，既是个体培育道德品性的体现，也是改善和提升社会道德风气的切实行动。

一、中国传统思想中的诚信观念

我国的诚信观念历史悠久。在最早的历史文献《尚书》中就出现了“诚”的概念，有“神无常享，享于克诚”的记载，当时的人们认为，敬奉神灵的时候必须要有诚意，才能免遭祸患。在《左传》中有“忠于民而信于神”的说法。后经儒家提倡，“诚”与“信”才逐步摆脱宗教色彩，成为经世致用的道德规范。

在《周易》中，“诚”已摆脱纯粹的宗教色彩，具有人伦的道德意义。“修辞立其诚，所以居业也。”其意是说，君子说话、立论都应该诚实不欺、真诚无妄，才能建功立业。在孟子的著述中，“诚”已成为规范人们道德行为的一个重要概念。孟子说：“诚者，天之道也；思诚者，人之道也。至诚而不动者，未之有也；不诚，未有能动者也。”“诚”是自然的规律，追求“诚”是做人的规律。孟子认为，一个人只要做到了真诚无妄，就会感化他人；而缺乏诚意的人，是不能感动他人的。孟子以此告诫人们，“诚”是顺应天道与人道的基本法则。在中国古代思想典籍中，与“信”有关的论述很多。《论语》中“信”出现了38次。“诚实不欺”是“信”的最基本的含义，“信”还兼有信任、相信、信用等多重意思。陆九渊说：“忠者何？不欺之谓也；信者何？不忘之谓也。”其意为，忠就是不欺骗；信就是不说谎。这里的“忠”说的是忠诚和诚实，“信”说的是诚信和信用，而且“忠”和“信”是相通的，如果某人有了诚实的品行，就可以做到为人处事讲信用。儒家认为，“信”乃“进德修业之本”，是“立人之道”，把信用上升到如何做人的高度。由此可见，信用在中国传统伦理文化中是被大力倡导的。

诚信由“诚”和“信”两个概念组成。诚，指诚实、真诚、诚意和不弄虚作假；信，指守信、信任和信用，诚恳待人，以信用取信于人。“诚”与“信”合起来，就成为一个重要的道德范畴，是人们基本的行为规范和为人处世的伦理准则。诚信的基本含义是诚实守信，它要求人们在社会生活和人际交往中做到真诚、诚实和守诺、守信。诚实是守信的基础，离开了诚实就无所谓守信。一个不诚实的个人或组织，是不可能讲信用的。诚信既是为人的道德规范，又是处理社会生活中个人与社会、个人与个人之间相互关系的伦理准则，在职业岗位上，还是一种职业道德。

二、诚信与做人

从个体道德的角度看，诚信是一种美德。诚信的有无、讲诚信程度的高低，体现着不同的个人在品性和修养上的差距；而是否做一个讲诚信的人，在多大程度上做一个讲诚信的人，取决于个人对自身道德素质养成的理解，有赖于个人对诚信价值的自觉体认和实践。虽然一个社会不能要求所有的人都做“道德圣人”，但要成为一个合格的公民，起码的道德素质应该具备。诚信作为公民的基本道德要求，在个人道德品性的养成及其人生历程中起着重要的作用。

是否具有讲诚信的美德，对公民自身的人格形象影响巨大。公民讲不讲诚信是其在社会生活和日常交往中是否具有信誉度的体现，并进而影响公民自身的人格形象。当一个公民被他人和社会视为无诚信或低诚信之人的时候，其道德品性上的负面形象将破坏他（她）在日常生活和公共生活中的交往关系，并进而影响其一生的发展。

是否具有诚信品性，是公民能否承担社会角色的道德基础。每个公民都是社会的一个成员，他（她）不能脱离与他人和社会之间的伦理关系而生存和发展，既享有应得的各项权利，同样也必须履行应尽的各项义务。因此，公民是否具有诚信品性不仅仅是公民个人的事情，也不是公民自己愿不愿意的问题，而是公民要接受作为社会成员这样的角色，并承担一个公民的社会责任，就必须讲诚信。这是由公民赖以生存和发展的社会关系所决定的。

是否做一个诚信的人，是公民职业素质水准高低的标志之一。在社会生活交往活动中，公民的行为不仅仅代表个人，还代表着其所在的部门、单位或组织。如果公民在履行职务行为时，不能诚实守信或是出尔反尔，那么，当其代表部门、单位或组织与社会其他成员打交道时，就不能得到他人的信任，当然也就无法与其他的个人、部门、单位或组织进行顺利的交往活动。从这个意义上说，诚实守信不仅是公民个人的道德品性，它还是公民职业道德的一种表现。

成人公民的诚信品性对后代的影响巨大。成人公民拥有多重社会角色，他们作为父亲或者母亲，在后代尤其是未成年人面前树立良好的道德形象和道德示范，既是成人公民自身人生的意义所在和价值体现，也是他们必须承担的道德责任。如果成人公民不讲诚信，没有诚信意识，那么，这不仅是他们自己道德品性不高的问题，更重要的是，他们无诚信的形象和示范将对自己的后代产生潜移默化的消极影响。

诚信不仅是公民的一种美德，从社会伦理的角度看，诚信还是规范人与人、人与社会关系的伦理准则。人与人、人与社会之间存在着多样的伦理关系，小到公民在日常生活中的交往关系，大到公民之间的公共生活交往关系，它们共同构成了公民生活于其间的社会伦理环境。在处理这些交往关系时，诚信是基本的伦理准则和要求。

诚信是交往的基础。诚信的道德意义体现在处理人与人的社会交往关系之中，由交往关系而产生诚信伦理关系。维系这种伦理关系的基础是公民个人把自己的信任寄托在与其发生交往的他人的正直和忠实之上。荀子不仅把诚信看作是朋友伦理、交往伦理的规范，而且更强调诚信是所有伦理关系的根本，没有了诚信，社会的伦理关系就很难成立。虽然在荀子所处的时代，社会的伦理关系还不像今天这样的复杂和多样，但荀子已经看到了诚信规范在处理社会伦理关系中的巨大作用。荀子有一句名言，“耻不信，不耻不见信。”其意是说，耻于自己不能有诚信，不耻于不被别人信任。这是对自身如何讲诚信的一种理解，即先检查和反思自己的行为是否讲诚信，要从自己做起。如果社会上的每个人都能够有“耻不信”的意识，那么，社会生活中人们彼此信任的诚信环境就可以建立起来。

日常生活交往的诚信伦理。在日常交往关系中，公民所面对的是与自己熟识的家人、亲戚、朋友或同事等，这样的交往关系属于“熟人圈”的伦理关系。与这些“熟人”进行交往活动时能不能做到诚信，是人们首先遇到的伦理问题。一般认为，对“熟人”讲诚信似乎是很容易做到的事情。因为彼此熟悉，信任在交往中可以自然形成，一旦失信就会破坏原有的熟悉的信任关系，其后果是能够直接感受到的。在人们的常识中，“熟人”之间的诚信应该是经得住考验的。但是，这种建立在亲情和友情基础上的“熟人”诚信伦理，在市场经济日益发展的今天却受到了挑战，社会生活中“杀熟”的失信现象屡见不鲜，这一现象的发生与对经济利益的追求有着密切的联系。有的人为了能够获得更大的个人利益，即使破坏亲情和友情亦在所不惜。而当“熟人”之间的诚信也遇到利益的冲击时，整个社会的诚信状况更令人忧虑。因此，处理好建立在亲情和友情基础上的人际伦理关系，稳定和加固家庭成员之间的彼此诚信、亲朋好友之间的相互诚信，是建立社会诚信体系的基础环节。

公共生活交往中的诚信伦理。市场经济的发展给我国的社会生活带来了巨大的变化，其中一个重要的变化是，公民在公共生活中交往范围的不断扩大。公民不仅要与自己熟悉的人交往，还要与更多的“陌生人”发生联系。这种因交往范围的扩大而变得复杂起来的人际网络，不同于在日常生活中形成的主要以亲情和友情这种“人情”纽带发展起来的“熟人”人际关系，它为扩展公民的诚信交往范围提供了相当大的社会空间。由于交往关系突破了“人情”的界限，公民之间相互尊重人格和权利，人和人之间组成了相互依赖的道德共同体，这就使得社会的道德状况成为全体公民共同关注的事情。诚信作为社会道德生活中的一个重要方面，在公共生活交往中的价值和作用也更加显现出来。在现代市场经济社会，诚信既包括“熟人”之间的彼此诚信，也包括对“陌生人”的诚信。仅仅对“熟人”讲诚信是远远不够的，作为参与公共生活交往的一员，公民的伦理素质更体现在对“陌生人”的诚信上。社会公共生活交往关系中诚信意识的培育和发展，是现代民主社会对公民的道德要求，也是完善市场经济体制的伦理推动力量。

三、培育诚信美德

诚信对构建和谐社会具有基础性的意义，因此，所有公民都应该自觉培育诚信美德，为建设社会诚信大厦添砖加瓦，为构建和谐社会贡献力量。

诚信是个人自觉的行动。整个社会的诚信链条是建立在个人诚信基础之上的，诚信可以是对社会、对他人的期望，但首先应该是对自己的要求。对一个有责任感的公民来说，只有自己做到了诚信，才能要求别人也这样做。社会由个体组成，每个人都以诚信要求自己，就能逐渐建设一个充满诚信的和谐社会。自己的诚信与赢得他人的诚信成正比，自己越诚信，就越能赢得他人的诚信回报。人们都希望生活在一个诚信无欺的和谐环境中，诚信环境的形成取决于每个人对诚信所持的态度和所做的行动。如果自己不主动践行诚信美德，而是寄希望于等全社会其他的人都讲诚信之后，自己再来讲诚信，那是不可能等到的，这种想法是为自己的不讲诚信寻找借口，推卸了作为公民应当承担的道德责任。

以诚信友爱处理利益关系。现代社会是竞争社会，但竞争离不开合作。竞争是提高效率的手段，而不是目的。如果把竞争推向极端，惟利是图，不择手段，就会造成社会经济秩序的混乱和道德的沦丧。因此，人们应该正确处理个人与社会、竞争与协作、先富与共富、经济效益与社会效益等方面的关系。发展市场经济、构建和谐社会，要求社会成员以诚相待、相互包容、尊重个性，弘扬“一方有难，八方支援”的优良传统美德，提倡团结互助、扶贫济困的道德风尚，形成平等友爱、融洽和谐的人际环境。

在职业岗位上培育诚信美德。绝大部分成年公民都会拥有或将要拥有自己的职业岗位，这是公民道德实践的基本场所。树立岗位意识、完成岗位工作是公民道德的底线要求。在彼此服务的现代社会里，公民个人的职业岗位就是服务他人的处所，工作无贵贱之分、服务无大小之别，目的都是为了让自己和他人生活得更愉快、使人与人的关系变得更和谐。政府工作人员在职业岗位上代表的是政府的诚信形象，企业员工在职业岗位上代表的是企业的诚信形象……，每个与社会公共生活相关的职业岗位，都是实践诚信美德的场所。以诚信的态度为他人服务的同时，也就享受了别人为自己的服务；在尽自己诚信道德义务的同时，也就享有了道德上的权利。

山东卫视《天下父母》栏目创办八年来，坚持弘扬中华民族优秀美德、大力宣传老百姓身边的道德模范，为改善和提升社会道德风气做出了积极贡献。《诚信天下》一书中所展示的诚信事迹，来源于普通人日常生活中的“凡人善举”，这些事迹的主人公是人们看得见、摸得着、学得到的道德“平民英雄”。这些事迹告诉人们，道德模范不是高高在上的道德“神仙”，不是“高大全”式的遥不可及，他们的善行义举就体现在自身的日常生活中。每个公民只要愿意提升自己的道德素质和道德品性，将一般的道德要求化为切实的具体行动，经过不断的道德努力，都可以成为一个有道德的人。对普通公民来说，学习道德模范、崇尚道德模范、争当道德模范，积极参与社会道德建设，关键是如何在日常生活和工作中主动地实践道德的要求、自觉地培育公民美德。道德实践的第一步是从我做起、从现在做起、从身边小事做起，学会自尊、懂得自爱，树立“我为人人，人人为我”的道德观。

中国古代思想家强调“正心诚意”和“反身而诚”在个人道德修养中的地位和作用，认为修德的关键是有一颗诚心和一份诚意。“大学之道，在明明德……古之欲明明德于天下者，先治其国；欲治其国者，先齐其家；欲齐其家者，先修其身；欲修其身者，先正其心；欲正其心者，先诚其意；欲诚其意者，先致其知；致知在格物”。因此，诚意所达到的程度决定了个人修德所能达到的高度，这就进一步表明了诚信和道德修养的内在关系。“天下无不可化之人，但恐诚心未至；天下无不可为之事，只怕立志不坚。”只要拥有诚心，就能做到诚信。讲诚信不是嘴上功夫，而在于切实的行动。整个社会的诚信风尚与每个人微小的诚信行为息息相关，涓涓的道德溪流可以汇聚成汪洋的文明海洋，如果每个公民都能在自我诚信上有所作为，全社会就能形成彼此信任的社会信用氛围，这是实现和谐社会的道德基石。

目录

一

承诺一生的爱

朱邦月

他不会用华丽的辞藻来解释自己行为的高尚，他也没有去思考自己每天行为的意义，他只知道用一个人的诺言和坚韧，从青年到暮年支撑起一个残疾家庭的天空。他与孩子们没有血缘关系，但是谁又能否认他用自己的行为为“父亲”这个词做了最好的诠释呢？

网络是什么？在科学家和莘莘学子眼里，网络是最好的工具，是取之不尽用之不竭的知识宝库；在商界人士看来，网络是快捷的信息传递，是滚滚的财源；在邪恶的人看来，网络是再好不过的欺诈工具；在一部分孩子看来，网络游戏是最大的乐趣，为了上网玩游戏，他们宁可不上学、不睡觉，甚至与自己的父母反目，所以在一些家长眼中，网络又是洪水猛兽……而下面这个故事告诉我们，网络是传递爱和真情的最好渠道！

轻松、幽默、快乐，网友曾认为写出如此美丽网文的“竹子”是一位美女作家

“有道是儿行千里母担忧。赴京的日子确定下来后，我的母亲差不多变成祥林嫂了，成天念念叨叨要买冬衣，那紧张样，好像我们去的不

是北京，而是冰天雪地的西伯利亚。只是南方似冷还暖，服装店的老板没有卖炭翁的超前意识，店铺里琳琅满目的全是夏秋装，把母亲急得热锅上的蚂蚁似的。

我说她小题大做。三两天时间，何必大费周章。

她说我是千年走一回，怎么说也得衣衫光鲜鞋儿亮。

晕倒！母不嫌子丑，她也不想想，就她这傻儿子穿了龙袍也不像太子的……”

上面这篇文章发表在2005年10月15日《新青年网》上。作者网名叫竹寒欣，网友们昵称他为“竹子”。幽默的文风，老到的文字，乐观的生活态度，展现了他文章的一贯风格。

“竹子”在网上露面的时间并不长。2003年，舅舅送给他一台电脑，也帮他打开了一个连接外面世界的窗口。在五彩缤纷的网络中，他

最感兴趣的是网友们写的好文章。禁不住诱惑，从小就喜欢写作文的他也开始练习着用五笔输入法写文章。很快，他别具一格的文风引起了许多网友的关注。一开始，甚至有许多网友认为他是女的，猜测他是一个才貌双全的美女作家，并且送他一个昵称“竹子”。有位“版主”还曾感叹，如果哪位男性网民能娶竹子为妻，那将是最幸福的人。

两名美女网友来到竹子的家
眼前的一切令她们惊讶不已也感动不已

2005年的7月1日和2日，两名年轻貌美、网名为“焱阳”和“雨巷”的白领女网友，分头从上海和深圳，越过美丽的武夷山，辗转来到了位于大山深处的福建南坪邵武市晒口，迈进了竹子的家门。她们与竹子在网上已经交流了一年多，并且已经通过了若干次电话，可以说是无话不谈。在电话里，竹寒欣告诉她们，他是男的，而且家里人都有残疾，他自己也是重度残疾，生活不能自理。但两个美眉不相信，至少是半信半疑。当她们迈进竹子的家门，眼前的一切令她们惊讶不已。竹子家的情况，比竹子在电话里告诉她们的，要差得多！完全可以用“悲惨”来形容！竹子在文章和电话里谈到他和家里的一切时，都是用乐观的、幽默的甚至调侃的语言，所以不论竹子怎么对她们说他说的一切都是真的，她们也不会相信！竹子一家四口，居然真的全都是残疾人，而且，竹子的妈妈、哥哥和竹子本人，都是重度进行性肌无力患者。三个人生活都不能自理，全靠竹子的爸爸朱邦月照料，而60多岁的朱邦月本人，腿也有残疾，走路一瘸一拐的，非常吃力。从惊呆状态中回过神来的两个美眉发现自己被深深地震撼了，更被深深地感动了。震撼和感动她们的，已不仅仅是竹子在如此无望的生存状态下的乐观和豁达，而是68岁而且跛着一只脚的竹子爸爸！面对年近70的竹子妈妈、40岁的竹子哥哥和38岁的竹子这三个五级重症残疾人，他每天生活的全部就是照料他们娘三个的起居——吃喝拉撒睡。早晨，除了洗衣、做饭、拖地，还要费力地抱起一个又一个木头人似的她和他并为他们穿衣，帮他们洗漱，喂他们吃饭（这其中，竹子稍微好一点，可以自己吃饭），扶他们休息。然后是中饭。下午一个一个地为他们洗澡。之后是晚饭。对于竹子爸爸来说，一天中最快乐的时光就是晚饭后睡觉前看那一小会儿电视。把他们放倒睡下也是件累活。晚上也不能睡安生，因为还要起来为他们各翻四次身……

竹子要求她们为他的家庭情况保密。不为别的，只为不打扰网友们的好心情。可是这两位美眉食言了。因为她们太震撼了！太感动了！事情传到当地电视台，电视台要求竹子写一篇介绍自己家庭的文章，于是，网上就有了竹寒欣写的《我的父亲不是生身父亲》。

《我的父亲不是生身父亲》竹子和一篇网文引起轩然大波

竹子的这篇文章题目直截了当：《我的父亲不是生身父亲》。他在文章中写道：他的父亲不是亲生的，他的生父早已去世。他和母亲、哥哥都是进行性肌无力患者，三个人的起居全靠68岁的继父照料，而继父又于20年前因车祸伤了一条腿。实际上这是一个四口人全残疾的家庭，其中三个是五级和五级以上重度残疾，生活不能自理。

这篇文章在网友中引起了轩然大波。什么是“进行性肌无力”？什么是“五级残疾”？网友们上网一查，不禁傻了：所谓进行性肌无力是三大绝症之一；五级残疾是生活不能自理，只比植物人略好一些。

很多网友们不相信，认为他（有人还坚持认为“她”）是在作秀，是编造故事赚取网友的眼泪。如此老到的文字，岂是没受过正规高等教育的人写出来的？如此乐观的态度，不断地为我们“带来快乐的写手”怎能出自一个四口人全残疾的家庭？如此幽默的文风，岂是一个生活不能自理的人拥有的？你也未免太过分了吧？你是谁？你有什么权力破坏“竹子”在我们心目中的完美形象？于是，讨伐和质问的文章如箭簇般射向“竹子”。而竹寒欣却丝毫不为所动，继续写一篇又一篇文章，印证自己苦难的身世，歌颂自己伟大的继父。

掀开历史，网友们发现了又一个凄美的故事
一个真正的男人令网友们欷歔不已

竹寒欣在文章中说：“春过了是夏，夏过了是秋，秋过了是冬，花谢了还会开，四季尚有美丽的春夏秋冬，万物尚有绽放的璀璨时刻，可是对于父亲来说，苦难过后还是苦难，年复一年，永无止境，除非……死亡。”

被网友们亲切地称为“竹子爸爸”和“叔叔”、被竹子在生活中叫做“父亲”、在文章中写为“继父”的朱邦月，原是邵武煤矿的掘进工。那是20世纪60年代，生活单调而贫穷。他平时的娱乐就是到邻居家

打扑克。邻居姓顾，是大学生，因为身体不好，屈尊在煤矿当个小小的会计。老顾的妻子身体也不好。心地善良的朱邦月就经常帮他们干点诸如打水、上山砍柴之类他们干不了的活。久而久之，朱邦月和老顾就成了好朋友，用今天的话说，两人成了“铁哥们儿”。

故事是伴随着不幸开始的。在竹子的哥哥2岁、竹子在妈妈肚子里五六个月时，老顾突发心脏病去世。本来身体就有点儿残疾的竹子妈妈（那时还不知道自己患的是进行性肌无力，表现得也还不太明显），又挺着个大肚子，拖着小的怀着没生的，日子实在过不下去，只好决定回娘家。她这个样子，想回娘家也回不去。矿领导就派朱邦月护送她和孩子回娘家。竹子就出生在回娘家的奔波道路上。当他历尽千辛万苦安全地把母子三人送到竹子的外婆身边时，一向好脾气但不明真相的外婆指责朱邦月说：“你也太大胆了，坐月子的人你也敢带着到处跑，出了事我看你怎么交代！”

憨厚的朱邦月并没有为自己辩解。他只为这苦命的母子三个能平安而庆幸。

再后来，朱邦月就娶了竹子的妈妈，成为竹子和他哥哥的继父，承担起了照顾这一家三口的责任。为了避免分心和可能出现的麻烦，这个名叫朱邦月的男人毅然决定不生自己的孩子，而把竹子和他哥哥视为己出。为此，他让哥哥随生父姓顾，而让竹子随自己姓朱。竹寒欣在文章中是这样调侃他的继父的：“他的鲁莽草率使他陷入了万劫不复的深渊，他不知道我母亲得的是一种极其可怕的怪病——进行性肌营养不良症，更为可怕的是母亲将这种病通过不良的基因遗传给了我哥哥和我。”

时至今日，我们已经无法想象朱邦月结婚时的情景，无法猜测当时他的工友们、特别是他的家人如何看待这段婚姻，我们也无法猜测他进入这个家庭后最初的情景。但愿他们也有过美好，但愿那破旧的小屋里也曾充满笑声。朱邦月把这两个孩子视为己出，为了给他们治病和进补，他一直过着节衣缩食的日子，以省下尽可能多的钱买药和补品。在那物质匮乏的年代，为了增加收入减少开支，他到河边开垦荒地种菜，在门口搭窝棚养鸡养鸭；为了让三个病人特别是两个孩子多吃一点肉，他翻山越岭去乡下，用节省下来的布票和粮票到农民家里换回猪肉……他自己早餐啃馒头配咸菜，而两个孩子却一直过着早餐吃鸡蛋牛奶的小康生活；他听说人参可以续命健体，便把人参买来让孩子们吃，实在买不起了，就买最便宜的参须，装在孩子的口袋里，让他们课间当零食吃。20世纪80年代开始，市面上出现了保健品，于是，“参茸蜂王

浆”“太阳神口服液”等便和两个孩子形影不离……这样的生活一直维持到朱邦月不幸遇上车祸。

尽管朱邦月把两个孩子视为珍宝，但严酷的现实却令他困惑不已。竹子的哥哥高中毕业后，因为身体的缘故在找工作时屡屡碰壁，这让朱邦月陷入了苦恼。他不明白，为什么他辛辛苦苦养大的孩子社会竟然不接纳？而接下来竹子的高考失利使他的这种苦闷达到极点，老实巴交的他因此常常陷入一种恍惚，这样的心神不宁差一点要了他的命。

那天，他骑自行车去送材料，由于精神恍惚，他忽视了路况，只是凭着感觉骑着自行车往前走，直到一辆装满沙石料的卡车迎面驶来，他才发现前面狭窄的单行道有块石头拦住了去路，他才下意识地下车。当人们的惊叫声响起时，他才发现自己已经倒在了血泊之中。他看着自己血肉模糊的脚奇怪：怎么没有痛的感觉？

是妻子的苦苦哀求制止了医生截肢的决定，为朱邦月保住了这只脚，但由于付不起高昂的医疗费用，他的这条腿患了骨髓炎，每天要自己挤脓水……

朱邦月的伤残使这个不幸的家庭陷入更大的不幸。

母亲和哥哥所能承担的家务越来越少，后来包括竹子在内，需要朱邦月照顾的却越来越多。而拖着一条残腿的朱邦月就几十年如一日无怨无悔地照顾着他们，并且一如既往地乐观、豁达。

父亲为什么要这样做？为什么要心甘情愿地做出如此巨大的牺牲和付出？竹子也深深思考这个问题。在文章中，竹子是这样揣度继父的，或许可以为我们作参考：

“在我父亲还没有断奶的时候，他的父亲便过世了，他的母亲将他交给他的爷爷后就改嫁了，是他的爷爷四处讨奶水养大了他，后来他的爷爷过世，他便一个人过起了四处流浪的日子。他明白没有父爱的孩子有多可怜。

又或许是他看到我残疾的母亲在那么困难的情况下也没有放弃孩子受到了感动，又或许是我一出生他在无微不至的照料时萌发了为人父亲的那种神圣感，也可能是这一段患难与共的逃亡经历培养了感情，所以善良的他毅然决然地走入了这个家。”

竹子对生活的乐观来自于朱邦月。因为他也曾绝望过，并且喝下了农药。当朱邦月发现时，急得双脚跳起高声喊道：“怎么会这样？怎么会这样？你只要活着，叫我干什么都可以的呀！”要知道，他的一只脚是流着脓的，不用说跳，每走一步都钻心地痛。可是那一刻他完全没有

感觉到痛，双脚高高地跳离了地面。由于抢救及时，竹子的阴谋没有得逞。从此他知道了自己在继父心中的地位，他为自己的懦弱而羞愧。他决心坚强地活着，乐观地活着，尽自己的可能，做一点儿对社会有用的事情，包括带给别人快乐。他以自己为原形所写的长篇纪实小说，已经接近尾声。小说中，继父无疑是最重要的人物之一。

感动你我，感动永远，让我们衷心祝福他们

这样的一个四口残疾之家，却有着如此乐观的生活态度，如此重情重义的父亲，如此知恩图报的儿子。众多的网友被感动了，他们激动、奔走、呼吁，要让更多的人知道竹子一家的故事。在他们的呼唤下，山东电视台《天下父母》制片人吕明晰走进了竹子的家，再后来，竹子和他的父亲走进了《天下父母》北京演播室，由山东电视台、新青年网和山东童年慈善会联合举办的“‘救救竹子’大型公益活动”也就此拉开了帷幕。

作为栏目的工作人员，笔者与北京的网友以及先期到京的外地网友们到飞机场迎接朱邦月和竹子。宽阔的首都机场，中外旅客走出了一拨又一拨，我们要接的朱家父子却迟迟不露面。焦急中我们得到信息，他们早已下了飞机，却无法走出机场。我们赶紧向机场工作人员寻求帮助。终于，我们看到一个轮椅被工作人员推了出来，旁边还有个一瘸一拐的老人。这就是他们的首次亮相！我们拥上去，无语凝噎。竹子的双手连鲜花都抱不住，把他从轮椅上抱上汽车费了很大力气。这使我们非

常感慨：竹子的情况，比哥哥和母亲还好一些。朱邦月一个人要照顾他们三个，夜以继日，月以继年，几十年如一日，这是怎样的付出？这需要有怎样的精神？

第二天早晨，我们拉着朱家父子去看升旗。当雄壮的国歌奏响、鲜艳的五星红旗升起来时，我们看到朱邦月和竹子眼中都充盈着泪水。

朱邦月从网络走上了电视，走上了报纸，走上了山东电视台“感天动地父母情十大感动人物颁奖晚会”的领奖台。在大红地毯上，在五彩的灯光下，在灿烂的礼花中，他的话语依然那么朴实，他的笑容依然那么憨厚。他说他最牵挂的是家中3个亲人，他担心别人照顾他们时因为不熟悉而做不好，也担心3个亲人不好意思对照顾他们的人提要求。而竹子，不断地打电话、发邮件，询问父亲下车了没有、到济南了没有、生活得怎么样。这种浓浓的父子之情深深地感染着我们……

荣耀是短暂的，感动是永恒的。我们会永远记得，在武夷山下，有这样一个家庭、有这样一个儿子、有这样一个父亲！

让我们祝福他们！

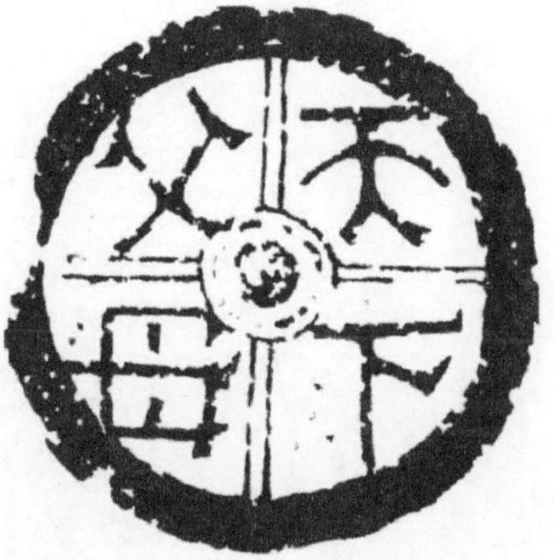

点评

朋友在时，有帮有助；朋友去后，不离不弃。朱邦月，将朋友的临终牵挂当成了自己的终身责任，用一颗爱心暖透三个多病的母子，用铁样的肩膀和意志托起这个多病多灾而又有情有义的家，可又有谁知道他在艰难的日子里咬碎了钢牙！

竹子是不幸的，但又是有幸的——遇到了一位情深似海、恩比山高的父亲。竹子是残疾人，肌无力会让他越来越难于接触这个多彩的世界；竹子也是个强者，他学会了用感恩的心对待生活，用乐观的心看待人生。我们发出了“救救竹子”的呼吁，同时，竹子也在用他的言行救助着我们日渐低沉消靡的精神世界！

二

点燃青春 照耀山区孩子的求学路

李振华

他的爱给山区孩子插上了飞翔的翅膀，他的爱为大山增添了光彩。他是老师，也是许许多多孩子敬重的父亲，他用爱在大山里铸就了一个令人仰视的丰碑。

山村里来了一个穿中山装的年轻“南蛮子”

1953年冬天的一个下午，沂源县南部山区的小路上，一个身穿崭新中山装的小伙子背着一个大包裹，冒着刺骨的寒风，吃力地走着。他的双手冻得有些麻木，不住地搓着，但额头上却渗出细细的汗水。

小伙子叫李振华，南京大学大二在读生，17岁。他响应党中央毛主席的号召，到革命老区支援教育事业。第一站是山东济南，济南教育部门喜出望外，要留下他，但他觉得济南是省会城市，不够艰苦，就这样一级级往下走，最后来到山东省沂源县。当时的沂源县城还不及今天一个镇的规模。县教育局对他的到来非常欢迎，希望他能到县城的重点中学。但他说：“我对组织上表态说的是到最艰苦的地方去，就要到最艰苦的地方去。”他从县地图上找到最偏远的韩王庄村，执意要去。县教育局的同志再三挽留，说那地方实在是太艰苦了，派到那里的老师没有能干足两个月的。领导的话反而更激起了李振华的好奇与豪情。拗不过

他，县里的同志只好同意放他走。由于不通车，他只好背起行李步行。昨天到县城时天色已晚，没看清楚，现在天亮了，他一边走一边看，觉得非常意外。整个县城全是低矮的草房，连间瓦房都没有，还不及南方的一个村子。他自幼生长在南京，这样的山路还是第一次走，心中免不了有新鲜感，同时也七上八下的。看来，父母亲说自己毕竟太年轻，不知道世事的艰难，不是没有道理的。

走了整整一天，傍晚时分，他终于一路打听着，来到韩王村的村口。令他没有想到的是，村书记带领全体村民在村头迎接他。一见到他，书记就握着他的手说："这下可好了，村里的学校已经半年没上课了，因为老师跑了。"

他急着要看学校。书记带着他走，一直绕到半山腰的一个破庙。门破了，旧式的格子窗也破烂不堪，屋里摆着大大小小的石头。书记说："这就是咱们的学校，也是教室。"大石头是课桌，小石头是凳子。"教室"的角落里有一扇门板支起的床，一个只剩三条腿的小桌。桌上的煤油灯是药水瓶子做成的。书记给了他十本书，五本语文，五本算术。这是一至五年级的教科书。另一个角落有一个黄泥做的炉子。

怎么会是这样？满腔的热情顿时被迷茫取代，愣了好久，他才问："那，怎么打钟上课下课呢？"

书记摸出一个哨子说："上课下课就吹哨子。"

"那，怎么确定时间呢？"

"看太阳啊，太阳晒到这里时就上课，太阳移到这儿就下课。"

"若是阴天下雨，没有太阳呢？"

“就点根麻秆，烧完了就下课。”书记说：“其实你也不用太正规，愿意上课你就吹哨子，什么时候想下课了你就再吹哨子。”

村支书见他深思不语，亲切地问：“小李老师，你有什么困难吗？”

尽管眼下全是困难，但自己是主动要求来的，不能提。想了想他说：“有一件事，晚上狼多，我害怕。”

书记说：“对呀，我怎么把这事儿给忘了呢，你还小哇。那就让巡逻的民兵多在你这儿转转，和你做伴吧。”

晚上，民兵们一人扛一块大树根来了。晚上，山风和着一阵阵的狼嚎，令李振华浑身战栗。几个民兵在庙里点起树根取暖。树根不怎么着火，全是烟，熏得李振华眼泪直流，根本睡不着。没办法，他就起来备课，因为从来没讲过课，就练习着解了几道算术题。天快亮时困极了才躺下，但翻来覆去睡不着，想家，一打盹就梦见父母，醒来腮上冰凉，全是泪水。

第一堂课，惊慌失措的他灵机一动，吹响了下课的哨子

天一亮，38个学生全来了，从一年级到五年级，吵吵闹闹的。还有两个中年妇女抱着孩子在看热闹。李振华觉得天不早了，就对两个中年妇女说：“你们走吧，别在这里看热闹了，我要上课了。”两个中年妇女说：“我们就是来上课的呀！”这一下李振华可慌了，自己才17岁，

却要给中年的妇女上课。

他努力使自己镇定下来，使劲吹响了哨子，孩子们安静下来，按班级分坐成几块儿。但他一开讲，课堂秩序就乱了套。孩子们乱喊乱叫，甚至还有打架的。这哪里是在上课！幸亏几个抱着孩子的中年妇女帮着维持秩序，刚安顿下来，外面看热闹的又起哄了：“咳！盼呀盼，好不容易盼来了，却是个南蛮子，说话叽里咕噜的，听不懂，这叫什么事儿呀，纯粹是闹着玩嘛！咳！”

外面一闹，刚刚安顿下来的孩子也里应外合，课堂又乱了。李振华心一急，汗就流下来了。猛然想起书记说的话，拿起哨子一吹，又喊一声：“下课了。”孩子们一哄而散。

而这时，破庙外面的人却还不散。原来山里人从来没见过中山装，都趴在窗口看稀罕呢。李振华觉得自己就像是个猴子，关在笼子里被人围观。

第一顿饭，他不知道自己吃的是什么

好不容易熬到了中午，送饭的来了。

昨天书记对他说过：“按传统做法，吃饭由各家轮流管，但你初来乍到，人生地不熟的，就让他们给你送过来吧。”第一天送饭的是一位中年妇女，送来了三个卷成卷的黑乎乎的东西，一碗也是黑乎乎的看不出什么的菜。这是什么饭呢？这黑乎乎的卷着的，里面还有什么？是不是伸开来吃呀？李振华把卷儿打开，越展越大，竟然是又大又圆的一张极薄的东西，他不知道这是煎饼，也不知道该怎么吃。忽然，窗外传来一阵哄笑，原来那些看热闹的人一直没离开，看见他不会吃，觉得有趣，就大笑起来。他赶紧又把展开的东西收拢，张开嘴，狠狠地咬了一口，吃惯了大米饭的他完全没想到这东西如此扎口、苦涩、难以咀嚼，更难以下咽。但他不能再让窗外的人看热闹，咬咬牙，吞下一口，再往下就不直接咬了，而是撕下一片儿，在碗里的汤水里浸一浸，泡得

软了，再放进嘴里。也不知什么味，一个就吃完了。守在旁边的妇女一直笑眯眯看他吃，还提醒他说："你怎么不吃菜？"他忙抄起筷子，吃了一口，也是苦涩的，不好咽。他赶紧放下筷子说："吃饱了。"中年妇女疑惑地看看他，一边收拾一边说："唉，你们城里人，肚子就是小。"

后来才知道，那卷成卷的，是地瓜面的煎饼，那同样黑乎乎的菜，是地瓜蔓做成的菜豆腐，当地称"小豆腐"。

送饭的妇女走了，外面看热闹的也散了。李振华强忍着的泪水一下子涌了出来。他太孤独了，语言不通，上课的时候学生们之所以闹，就是因为他们听不懂南京话，他们说像是鸟叫。再加上饭吃不下，觉也睡不好，他觉得，这地方根本就不能呆，得赶紧走！这儿与南京的反差实在是太大了。

可是，就在他下定决心要走，动手收拾东西的时候，却又犹豫了。他想起了自己临走时，父母坚决反对，对他说的那些话；想起了亲戚朋友对他的劝告；特别是想起同学们讥笑他出风头的话。如果自己回去了，父母亲戚那边还好说，同学们肯定要起哄，那可怎么办？一想到同学们群起而向他进攻的情形，他就如芒刺在背，汗都出来了。不行，我不能马上就回去，哪怕是多呆一天呢。于是他又改了决心：**能呆三天不呆两天，能呆五天不呆四天！**

太阳出山，落山。一天又过去了。

坡前花开，叶落，一年又过去了。

就凭着多呆一天是一天的原始而朴素的想法，他在韩王村一天天呆了下去，整整过了三年，他才回家看望父母亲。

李振华在山上扎下了根。孩子离不开他，他也离不开孩子。乡亲们离不开他，他也离不开乡亲。而与此同时，一块下乡支教的同学都返回了南京。南京大学的恋人一遍遍催他回去，见他没有回去的意思，一气之下与他断了联系。后来，他与当地一位女教师结婚生子，彻底融入了沂源的大山。

为了200多个孩子，他叫二儿子做出了牺牲

转眼就到了1980年。李振华已经是人到中年，儿女成群了。5月，春末夏初，他突然接到电报，说父亲病重。这时，他已经是在教高中，教着4个毕业班的政治课，还是其中一个班的班主任，200多个学生面临着高考，正是最紧张的时候，他怎么能离开？尽管校长得知情况后催促他回家，但他还是一拖再拖。

第二封电报来了，父亲病危！学校给他买了火车票，催促他赶紧回家。捧着电报，拿着车票，他心如刀绞，百感交集。他离开南京后，家中就是老父母相依为命，眼下老两口都73岁了，父亲长年有病，自己早该回家尽孝。父亲是教师，一辈子辛辛苦苦、兢兢业业，非常敬业，非常善良，对自己也非常关爱。为了让他学习普通话，父亲还专门给他买了半导体收音机，千里迢迢寄过来。通过书信，父亲对他的教育和指导也很多，等于就是手把手地教他如何备课、如何上课、如何辅导孩子、如何批改作业。父爱如山，现在父亲病了，他理应回去尽孝道，好好伺

候父亲。可是，200多个山区孩子面临人生的转折。十年寒窗，为的就是现在的一试身手，如果这时自己离开，会耽误孩子。回去不行，不回去也不行。

就在他两难之际，200多个学生联名给他写了保证书：**亲爱的李老师，你放心地回家吧，我们一定好好复习功课参加高考，考出好成绩。**捧着孩子们的保证书，李振华流下了眼泪。离高考的日子越来越近了，在最后的冲刺阶段，一个老师的作用有多大，他最清楚。而处于弥留之际的父亲，也肯定最想念远在北方山区艰苦环境中的儿子，无论从哪一方面说，他都应当回家！可是，妻子有病，不能到南京照顾公公。如果他顾了父亲，就舍了山区的孩子。怎么办呢？万般无奈之际，他突然想到了二儿子。他决定让二儿子回去替自己尽孝道。但二儿子坚决不同意，而且反应相当强烈，因为二儿子也面临着高考，而且他学习不错，很有可能考上大学。他早对父亲一心扑在工作上，全部的精力都倾注在

别人家的孩子身上心存不满。他说：“我是你的亲儿子，也同样面临着高考，面临着人生的重要关口，在这个时候，你怎么能让我放弃复习功课？”

其实，李振华早就考虑到这一点了，他实在是出于无奈呀！他耐心地对儿子说：“是呀，你也面临着高考，考上了，就是国家干部，考不上就只能下苦力。可是你想过没有，你与村里的孩子毕竟还不一样。你考不上，还可以招工，毕竟你是城市户口。而如果他们考不上，就只能一辈子呆在山里了。再说了，你回家替我伺候你爷爷，耽误的是你一个人，如果我回去，耽误的是200多山里的孩子，他们世世代代在山里，生活贫穷，读书多不容易！他们更需要通过高考改变自己的命运，这道理，你应当懂。”一番话，说得儿子低下了头。尽管一百个不情愿，他还是揣着书本离开了学校。

临行前，李振华悄悄嘱咐二儿子，万一爷爷有什么不好，千万不要让你奶奶知道。你奶奶年纪大了，身体也不好，受不了。

仅仅过了五天，就接到儿子发来电报：爷爷去世。李振华顿时感到天旋地转。想想父亲从小对自己的疼爱，想想父亲一直支持自己的工作，而自己，在最后的日子里竟然没有回去看望一下父亲，没为父亲端一杯水，递一片药。他觉得非常对不起父亲！他拿了一些白纸，悄悄来到山后，面南跪下，点燃纸，一张接一张地烧着，泪眼婆娑中，他仿佛看到父亲慈祥的面容。他禁不住一遍又一遍地说：“父亲，儿子不孝，你就原谅儿子吧！”

一阵风吹过，山坡高高低低的植物也似乎与他一起哭泣。他觉得有

些异样，是的，不是植物，是真真切切的哭声。他转回身，立刻惊呆了：村里父老乡亲和200多学生都来到山后，有的站着、有的跪着，陪着他哭。他心中的悲伤立即被深深的感动所取代。是呀，正是高考前的最后冲刺，他怎么可以撇下孩子独自悲伤！他站起身，向乡亲们走去。孩子们围过来，一张张小脸上挂着泪水，却不知道怎样安慰自己的老师。村支书说："李老师，你节哀，要保重身体。你太累了，休息几天吧。"李振华平静了一下，说："大家请回吧。我没事儿，下一节是我的课，我会按时给孩子们上课的。"

当李振华走进教室时，发现孩子们的眼睛都是红红的，讲台上多了一杯水，旁边还放了一张椅子。他明白这是孩子们让他坐着讲课，但他还是站着讲的。由于心情很乱，那一堂课他究竟讲了些什么，连他自己也不太清楚，但至少他稳定了学生的心。

孩子们顺利地参加了高考，成绩非常好，录取率再次获得全县第一名。当许多孩子手捧录取通知书流着热泪向他报喜、背着行李向他告别

时，他的二儿子也在流泪：由于回南京伺候爷爷，耽误了复习，他没能考上大学。

李振华在为100多名山区孩子欣喜的同时，也为自己的又一个孩子没考上大学而心痛。扪心自问，他默默地说：值，值！

十年中，先后有八个山区的姑娘到南京照顾他瘫痪的母亲

老父亲的去世，使老母亲受到很大刺激，以至于引发中风。经抢救虽然保住了命，却成了半身不遂，再也不能站起来。为了让李振华回南京照顾老母亲，南京有关部门主动出面联系鼓楼中学，为李振华办理了调回南京的手续。李振华这边，觉得已经很对不起老父亲了，不能再对不起老母亲，也同意回南京。

那些天，李振华一边收拾东西准备回南京，一边心里很不是滋味。就要告别朝夕相处了将近30年的乡亲和孩子们，他很难过；想想瘫在床上的母亲，他又恨不得插上翅膀飞到母亲身边。然而，乡亲们的表现又令他欲走还留。每天，都有许多乡亲借故来到他家，有的放下十几个鸡蛋，有的拿来一包花生或土特产，大都什么也不说，眼红红的站一会儿就走了。有的说得比较委婉，说："李老师，也真是的，你是该回南京照顾你的老母亲了，唉，这么多年了，让你吃了不少苦呀！"也有的直接挽留："李老师，你不能走，你若是走了，我们的孩子可怎么办？"

面对这些，李振华觉得无法面对，更无法回答。

离开沂源的日子越来越近了。早晨，当李振华打开房门时，一下子惊呆了：满院子全是乡亲和他的学生，有的站着，有的干脆就跪着，都在流泪。见他出来，齐声说：“李老师，你不能走，我们离不开你！”

李振华的眼泪再次流下来。他也不愿意离开呀。可是，老母亲瘫痪在床，他又必须回家照顾。就在这时，一位学生的母亲说：“李老师撇家舍业，为我们培养孩子，付出这么大，我们也应当为李老师做点什么。这样吧，我的女儿初中毕业，没考上高中，就叫她去替李老师伺候老母亲吧。”这个两全其美的办法被李振华接受了，只不过他坚持要给孩子付工钱。就这样，从1980年到1990年，十年的时间，先后有八个山区的姑娘来到南京，替李振华照料病瘫在床的老母亲。

1990年秋假，年近花甲的李振华回南京老家，他委婉地对母亲说：“妈，现在是经济社会了，老让山区的孩子伺候你也不是办法，我考虑，把你接到山东沂源，亲自伺候你。”听了这话，母亲很不高兴，说：“我已经80多了，又是残疾之人，不能行动，到山东去做什么？俗

话说叶落归根，我这把老骨头就撒在南京了。”见母亲不高兴，李振华也没敢再劝。不料第二天早晨，母亲却态度大变，说老了就得跟着儿子，同意到沂源。母亲坚决要来，李振华反倒犹豫了。他与母亲商量好，自己先回家做好准备，择机让孩子来接老母亲。回到沂源，他买了煤，以备冬季取暖，买了当地能买到的最好的大米。一切都准备好了，他让到南方贩运苹果的儿子返回时接上老母亲。祖孙一行早晨5点半从南京走，到沂源时已经是半夜11点半了！

李振华先搀扶着母亲上轮椅。母亲却不肯放下手中的红木箱子，李振华一见这个红箱子，泪就流下来了。箱子里是母亲前几年做好的“老衣服”。为了支持自己的工作，母亲已经做好了最后的准备。尽管李振华做了尽可能好的准备，但北方的干燥和寒冷还是令母亲不太适应。1991年冬天，腊月十八凌晨3点钟，母亲突然去世，令李振华大脑一片空白。他跪在母亲的遗体前默默流泪，后悔不该把母亲接来。村里人为老母亲举行了隆重的葬礼。那些曾经到南京照顾过老人的女孩儿，现在也都成人了，一个个哭得泪人似的。

退休：留给儿女们的“三个一工程”

李振华退休时，是沂源县实验中学的校长。他把老伴儿和三个孩子约到了学校附近的一家小饭馆。吃饭时，他从包里掏出三个用报纸包着的东西，说：“我退休了，也没有什么可以留给你们的，这三样东西，你们一人一件吧。孩子们打开，是一本书《红烛》、一盘电视节目带

《情洒沂蒙》，都是纪录和描写李振华几十年如一日对山区人民无私奉献的，还有一份中共沂源县委关于开展向李振华学习的《通知》。孩子接过礼物，默默无语。特别是女儿，百感交集。她想起小时候有一天她蹦蹦跳跳地来到爸爸的办公室，正碰上爸爸从县城领奖回来。办公室里有一群学生。爸爸从书包里拿出七个铁铅笔盒。那是她第一次看到这么漂亮的铅笔盒，上面还印着跳绳的女孩呢！她羡慕极了，心想，有这么多，爸爸肯定会给她一个。可是，铅笔盒分完了，学生们欢天喜地地拿着走了，却没有她的。她哭着跑出屋子，并把名字改为随母亲姓以示报复。她还想起，有一次全公社集中考试，爸爸带着学生们到公社驻地去参加考试，但路过一条河时，突遇山洪暴发，桥被冲毁，爸爸叫学生们等在岸边，自己游过河去，到公社说明情况，拿回卷子，又游回来，组织学生考试。结果，爸爸的班考了全公社第一名。由于爸爸一心为山区的孩子，为表达感激之情，许多学生叫爸爸“李老爸”，还让孩子随爸

爸姓。自己真的是太不懂事儿了，当初自己这样做，让爸爸多伤心呀！想到这里，她不禁流下了泪。

看到孩子流泪，李振华说："当年我离开南京时，你们的爷爷奶奶就只给我做了一件中山装。这件衣服我穿了很多年，后来不穿了，也一直保留，有了什么困难就拿出来看看。你们今后如果遇上什么困难，就想想我是怎样走过来的，就没有什么克服不了的困难。"

孩子们郑重地点点头。其实，这些年来，他们已经习惯于接受这个视别人家的孩子胜过自己孩子的父亲。他们也深深地理解了父亲。把这三件传家宝称为"三个一工程"。

李振华对孩子"苛刻"，对自己更是苛刻，生活俭朴到不能再俭朴。他从来是只穿布鞋，一块南京产的钟山手表戴了39年至今还戴着。而对于山区的孩子，李振华则是无私的付出。从第一份工资开始，他就拿出四分之一资助困难家庭的孩子（那时工资是21元，他寄给父母10元，自己留6元生活费）。到现在，包括国务院给他的津贴，他已经捐出了37万元。受到过他捐助的孩子超过2 000人，由他从幼儿园资助到大学的，就有37个。退休后，他把全部积蓄15000元全部捐给了他工作过的三个学校，成立了基金会，在他的影响下，这三个基金会的总金额已经接近200万元。

前不久，沂源县的人民自发地捐款，为他立了一座汉白玉的像。为活着的人立塑像，在中国，这还是第一例。

点 评

祖国的一声召唤，人民的一份期盼，热血青年的一句誓言，被李振华用无悔的青春，写在了沂水之源，蒙山之巅！

多少人来了，随着潮来潮涌；多少人去了，伴着利往名迁。只有他，留了下来，把身心交给了学子，交给了大山，而自己却甘守清贫寂寞，抛却儿女情缘。这就是忠诚，这就是信念，如丰碑，只有坚守者才能捍卫；如火炬，只有奉献者才能点燃！

乡村有爱，大山无言。李振华，一个甘愿做红烛的人，燃烧自己照彻幽暗；李振华，一个甘愿给人民当牛作马的人，人们树起纪念碑，永远铭传！

三

诺言 让我爱着你的爱

董富梅

为了一个生死的承诺，为了姐姐的四个孩子，她付出了自己一生的幸福。如若不是一个善良至极的女人，人们实在无法想象她如何去承受这一切本不属于她的苦难。小姨的恩情比山高，比海深，感天地，泣鬼神。

姐妹情深，临危托孤

董富梅，1968年出生于山东省菏泽市定陶县张湾镇。上有两个哥哥和两个姐姐。大姐董富荣，长她15岁。在农村，家中家务多，农活多，孩子也多，董富梅从小是由姐姐看大的。姐妹俩感情极深。1976年，董富荣出嫁后，姐妹俩仍经常交往，妹妹的事姐姐关心，姐姐的事妹妹牵挂。

1988年，董富梅高中毕业后，在县城一家纺织厂上班，并与同事赵宏伟相恋。第二年夏天，两个人开始商量结婚事宜。两家人把好日子定在1990年春节。然而，就在两个年轻人憧憬着美好未来时，董富梅的大姐病了，经查，是子宫癌晚期。

怀着极其悲伤的心情，董富梅到医院看望大姐。由于大姐还不知道

实情，董富梅强忍泪水，含笑与姐姐聊天，安慰姐姐。实际上，董富梅知道，姐姐这一病，她家就真的塌了天。前几年，大姐夫范德荣因农药厂的一场意外事故，双目失明，丧失了劳动能力。家里四个孩子、一个盲人，还有年迈的公婆，里里外外全靠姐姐一个人照顾，只要有时间，董富梅总要跑来帮姐姐分担些家务。如果姐姐一旦遭遇不测，这个家不就完了吗？

医院尽全力救治董富荣，先后给她动了两次大手术，然而活检结果却非常残酷：癌细胞在继续扩散。医生断定，董富荣最多还能活一年。

得知这一消息，董富梅双泪长流。她毫不犹豫地辞去工作，住进了大姐家里，照顾大姐，并帮助大姐照顾四个孩子。四个孩子全是男孩，老大范涛峰9岁，老二范登旗7岁，老三范胜辉6岁，老四范胜召才1岁！

苦和累，她都认了，她就是要帮姐姐渡过难关，她只盼奇迹出现，姐姐早日康复。

然而，现实是残酷的。姐姐的病一日重于一日。

这天，姐姐拉着她的手说：“我最放心不下的就是这四个孩子，我这一走，家里穷，你姐夫又瞎，再给孩子娶个后妈根本不可能，唉，我是死也闭不上眼啊！”

说毕，抱住妹妹，姐妹俩放声大哭。

由于姐姐的病，董富梅的婚期也被推迟了。

1990年春节过后，董富荣的病情再度恶化，医生叫家中安排后事。董富荣自知不久于人世，4月的一天，董富荣当着公婆的面，把四个孩子叫到床前，拉着妹妹的手说：“小妹呀，我快要不行了，姐求你一件事儿，这四个孩子，帮姐拉扯大吧。”

董富梅没有犹豫，当即说：“姐，你放心吧，只要有我在，孩子们就不会受委屈！”

大姐还想再嘱咐点什么，可是已经没有力气了。她用手指指孩子，又指指妹妹，当她指到最小的范胜召时，手无力地垂了下去。

姐姐去了。董富梅哭得几次背过气去。料理完姐姐的丧事，董富梅陷入矛盾和两难之中。一边是自己亲爱的恋人，一边是四个无人照料的孩子。她知道，选择恋人，意味着甜蜜和幸福；选择姐姐残破的家，则是无尽的苦难。然而，姐姐临终时的嘱托令她挥之不去，四个孩子，尤其是最小的胜召，老在她眼前晃动。她无法忘记胜召牙牙学语时，竟然叫她妈妈。自己当时是既兴奋、又害羞。可现在，她又无法丢开胜召去寻找自己的幸福。

忍痛割爱，兑现承诺

经过彻夜地思考，她找到赵宏伟，提出了自己的条件：要么退婚，要么结婚后与姐夫及四个孩子一块儿住，帮助姐夫照料四个孩子。赵宏伟根本没想到她会提出这样的条件，虽然他一百个不愿意，但最后还是选择了退婚。

忍痛割爱之后，董富梅下定决心，兑现对姐姐的承诺。

董富梅的决定招来一片反对之声。父母及其他的兄弟姐妹都说她疯了。街坊邻居也风言风语，说什么难听话的也有。

铁了心的董富梅八匹马也拉不回。1990年4月25日，董富梅瞒着家人，径直来到大姐家。范德荣得知小姨子的来意后大惊失色，连说不可。他说："你姐姐只是求你帮着照顾孩子，没说让你嫁给我呀！"

他又说："我是个瞎子，又比你大15岁，你来到这儿，不是明摆着往火坑里跳吗？不行！"

董富梅不理姐夫，把四个孩子招呼到身边，含着泪说："从今天起，我就是你们的妈妈。"范胜召高兴得一头扑在她怀里，连叫妈妈妈妈。而范涛峰则站在爸爸一边，说："小姨，我和爷爷、奶奶、爸爸一起，会把弟弟们照顾好的，你回去吧。"

董富梅对着范涛峰还有范德荣说："**我不会走。这里就是我的家。我要让你们过得一天比一天好。**"

当天晚上，董富梅把几间房屋整理了一遍，洗了家中所有的脏衣

服，忙了整整一个通宵。第二天早晨，她不顾范德荣的反对，拉着他到镇上办理了结婚手续。没有婚礼，没有婚宴，只有范德荣几个最要好的工友，闻讯过来喝了两盅酒，算是祝贺。

就这样，董富梅用自己瘦弱的肩头，义无反顾地撑起了这个家。

董富梅的父母得知消息时，董富梅早已成了范德荣的合法妻子。一气之下，他们宣布与女儿断绝一切关系。

勇于承担，不辞辛苦

董富梅注定要自己承担自己的选择。丈夫和公婆以及小一些的孩子都需要照顾。一大家人的吃喝拉撒全得靠她。上学的孩子要交学杂费。姐姐治病时欠下的一万多元债务要偿还。一时间，千头万绪，扑面而来。为了撑起这个家，董富梅承包了12亩地，起早贪黑地干，几次昏倒在地头田间。她买来一台缝纫机，为邻居加工服装，赚一点加工费。她

还腾出一间靠街的房，弄了个小小代销部。她恨不得把自己撕成几个来干活，来挣钱。然而还是入不敷出，捉襟见肘。最困难的时候，她也绝望过、困惑过，可这时，姐姐的脸庞就浮现在她面前，姐姐的嘱托和自己的承诺就响起在耳边。她就又鼓起了勇气。

范德荣眼睛虽然看不见，但心里雪亮。他对董富梅感恩戴德，恨不得多替她分担一些家务。他摸索着做饭，甚至到田间帮她打下手干农活。他还通过听收音机学会了按摩，每天晚上都要为劳累了一天的妻子按摩。丈夫的体贴，孩子们的听话，都使董富梅于劳累之余，又欣慰不已。

1993年9月，老大范涛峰升入初中，由于学习刻苦，成为全班学习最好的学生。闻此，董富梅买了些水果，到学校感谢老师。交谈中，班主任得知她和孩子们的情况后，十分感慨地说："要彻底改变家庭状况，让孩子们都有一个好前程，唯一的出路就是让孩子们刻苦读书。"

老师的话令董富梅眼前一亮。对呀，只有这样，才能圆满完成对姐姐的承诺。从这天起，她每天晚上陪四个孩子读书，写作业，对于学习好的，及时表扬奖励。

然而，新的问题又出现了，这天晚上，老三范胜辉突然说头晕。董富梅带他到医院检查，发现是用脑过度和营养不良所致。这使她陷入新的思索。为了给全家人增加营养，她买来小石磨，学会了做豆浆和做豆腐，让全家人每天都吃上豆制品。

但是，范涛峰读到初三时，突然提出不上学了，要去打工挣钱。董富梅第一次冲着孩子发了火，她说："我甘愿吃苦受累，为的就是你们好好读书，日后有出息，你不读书了，对得起我吗？对得起你死去的妈吗？”范涛峰哭着说：“小姨，我是不忍心看着你太辛苦了。”董富梅说：“只要你们有出息，我苦点累点没关系。你是大哥，要带好这个头！”

范涛峰含着泪，郑重地点了点头。

1996年，范涛峰以优异成绩考进定陶县第一中学，成了高中生后，由于离家远，要住宿，每月要上百元生活费。为了挣钱，董富梅到处挖中草药，还到城里捡废品，想尽了一切办法，解除孩子读书的后顾之忧。

收获幸福，家人团聚

随着董富梅的惊人付出，孩子一天天长大，也一天天懂事了。1999年春天，范涛峰约了几个要好的同学一同回家，中午，当大家围坐到桌前准备吃饭时，范涛峰带着三个弟弟站起身，齐刷刷地冲董富梅叫了声“妈”！

董富梅一时怔住了。范涛峰流着泪说：“妈，这些年你为我们付出了太多太多，可我们一直喊你小姨，从今天起，我们都改叫你妈妈。我特地请了几位同学做见证人。”

董富梅热泪盈眶地说：“好孩子，叫什么都一样，只要你们有出息，再苦再累我也高兴！”

董富梅的付出，使得孩子们早早懂事，都勤奋不已。1999年9月，老大范涛峰考上了南京航空航天大学；2000年9月，老二范登旗考上了济南陆军学院；2001年9月，老三范胜辉考入青岛大学，2007年暑假过后，老四范胜召以定陶县第二名的好成绩考进大连理工大学。这样，四个孩子全部考进大学，创造了远近闻名的奇迹。

如今，学业有成的孩子们一个个都有了自己美好的事业和家庭。范涛峰被本校推荐读研究生后，选择了留校任教，并与也在南京任教的女友喜结连理。范登旗则与济南军区总医院的女友亲密牵手。孩子们有了钱，首先想到的是劳苦功高的妈妈，他们或者回家翻盖房子，或者寄钱给妈妈让妈妈补身体。听说妈妈身体不适，立即赶回家，带妈妈到医院检查，直到确诊无大碍才放心而返。而董富梅，在得到孩子们爱戴的同时，也终于得到了自己父母的理解，她与丈夫一起，带着两个人所生的女儿，第一次回到了阔别多年的娘家……

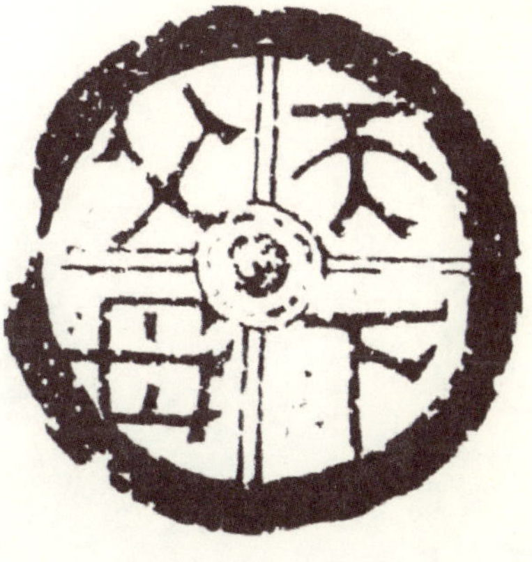

点 评

姐姐临终前的嘱托，妹妹一句悲壮的承诺，成为一个大爱故事的开篇。这个开篇，需要多少痛苦的思考，需要多少艰难的抉择，需要多大的才力笔力，才能落成这个涕泪泣血的诗篇？被人牵挂着是一种幸福，而牵挂着别人却需要放弃多少幸福？董富梅，一个敢于承担的人，一个舍得放弃的人。她用真心挽救了一个家庭，她用大爱书写了一部人间佳话！那个大团圆的结局，是激奋世道人心的亮点，更是重铸灵魂的华章！情义无价！大爱无疆！

四

嫂娘的坚守

李凤琴

一个决定让她改变了自己的人生轨迹，一声“嫂子”让她撑起了一个家庭的千斤重担，“老嫂比母”，这句老话对于她来说重若千钧!

犹豫再三还是决定：留下来撑起这个家

李凤芹，山东肥城安站镇卫生院的一名普通职工。1998年丈夫吴兆祥不幸患上食道癌，撒手离开人世。那时的李凤芹年仅42岁。有一份稳定工作的她，完全可以重新组建一个家庭，再一次开始她的幸福生活。然而，与小叔子的一场争执，却改变了她的人生轨迹。

丈夫去世之后，眼看着母亲生活孤单寂寞，善解人意的女儿娟娟就给妈妈介绍了一个对象。李凤芹觉得挺中意的，就回家与小叔子商量。没想到话一出口，小叔子就急了："嫂子你走了我怎么办？"小叔子不说别的话，也不讲其他理由，翻来覆去就是这一句。逼急了就说："你若是走了，俺这个家就塌了天了。"李凤芹很生气，与小叔子争执了几句，叔嫂俩不欢而散。但回到医院自己和女儿的住处，李凤芹冷静下来，觉得小叔子吴兆玉的话也不无道理，离了自己，这个家还真不行。老婆婆今年85岁了，拄着两根拐杖，行动不便，需要人照顾；小叔子有

严重的肾病综合征，小侄子才1岁多，小叔子的爱人有脑膜炎后遗症，行动迟缓，思维也不够敏捷。平时全家人靠自己照顾习惯了，所以小叔子一听自己要走，马上就觉得受不了了。但是想到自己年纪轻轻的，完全应当开始新的生活，又不甘放弃。是走？是留？李凤芹经过激烈、复杂、反复的思想斗争，最终还是决定不改嫁了，帮小叔子把这个家撑起来。

对于妈妈的决定，娟娟非常失望。她本能地感觉到，如果妈妈再找一个老伴儿，不但妈妈会很幸福，整个新家庭的生活也会幸福。她极力劝妈妈改变决定，可是妈妈说不能离开她奶奶和她的叔叔、婶婶及小弟弟。女儿急了，与妈妈吵了一架，见说服不了妈妈，最后无可奈何地说："随你吧。反正我是为你好，为咱们俩好！"女儿哭了，妈妈也哭了。可是妈妈还是觉得不能丢下这一家人。

义无反顾地将家的重任扛在肩上

本来可以逃避的责任，她却义无反顾地承担起来。至今已经四年了，一千多个日夜是怎么过来的呢？

每天早晨，天不亮李凤芹就去市场，买下全家人一天吃的菜。中午下了班，顾不得吃饭，先给小叔子熬药。晚上，劳累了一天之后，还要为小叔子一家洗换下来的衣服。

这还是在正常情况下。如果有突发事件，比如，兆玉的病情重了，她的负担就更重了。

如今，小叔子的肾病综合征越来越严重了，上厕所都得由人架着才能去。单是药费，每月至少要四五百元。刚开始得病时花钱更多，看一次就得好几千元。为了给小叔子看病，至今家里还欠着2万多元的债。由于是在乡镇医院，李凤芹每月的工资不高，少则七八百，多则八九百，总之不到1000元。小叔子原来干赤脚医生，还兼着信贷员，还有点儿收入，但有病之后，行动不便，干不了了，只好辞掉了工作。为了给家里增加一点儿收入，李凤芹就主动把信贷员的工作承担起来，下班后替小叔子跑存款，好歹维持着一点儿收入，算在小叔子的名下。跑存款这活其实挺累的，得挨家挨户地说好话。有些熟人反而不愿意找熟人存款，怕露富。小叔子的爱人没有工作。也就是说，全家人的生活全靠李凤芹的收入。实在不够了，李凤芹就向单位预支，向朋友亲戚家借。女儿参加工作后，每次回家，都给妈妈留点儿钱，但妈妈不要。她觉得将来女儿谈婚论嫁，自己肯定帮不了她，让女儿自己攒下点儿钱。女儿心疼妈妈，总是偷偷地放下一两百元钱。

为了省钱，李凤芹恨不得把一分钱掰成两半花。以前小叔子在一家医院拿中药，一副药要79元，一次拿10副，不几天就吃完了。她想把药方要过来自己配药，人家不给。她就找自己医院的一个懂中医的同事把药方破解了。方法是：她、小叔子、还有那个懂点儿中医的同事一块去拿药。对方当然是浑然不知，还是一样一样地称。小叔子就根据同事的暗示，一样一样地记，就这样偷来了药方。按这方子从她的医院拿药，一副才40多元，省了将近一半的钱。

但李凤芹觉得还是贵。毕竟小叔子一天也离不了药，是家中最大的开支，而自己那点儿工资怎么算也不够全家花的。于是她决定到菏泽去给小叔子批发药，一次背回一大袋子，这样算下来，加上路费，一副还不到20元钱。虽然很辛苦，但一算能省下一大半的钱，李凤芹还是觉得值。

肾病综合征离尿毒症只有半步之遥，病人是很痛苦的。贫血、缺钙；腰痛、腿痛；行动困难，手也无力。严重的时候，夹起菜哆嗦着硬是送不进自己嘴里，李凤芹看着都暗暗掉泪。

为了给小叔子治病，李凤芹带着小叔子去过好几家医院。远的，要从泰安倒车，而泰安等稍近一点儿的，则请本家一个侄子开着三轮车去。有一次去看病回来，遇上下雨，路上滑得很，下车后小叔子说："嫂子，我走不动了。"李凤芹说："你走不动我背着你。"小叔子不让她背。他觉得让嫂子背着不好意思。李凤芹说："你怎么这么多事儿？老嫂比母，我背着你还咋了？你不是一直有病吗？没病还用我背你吗？"说着她蹲下身，背起小叔子回了家。小叔子有病，身体虚肿，分量可不轻，她一步一步走得非常艰难。

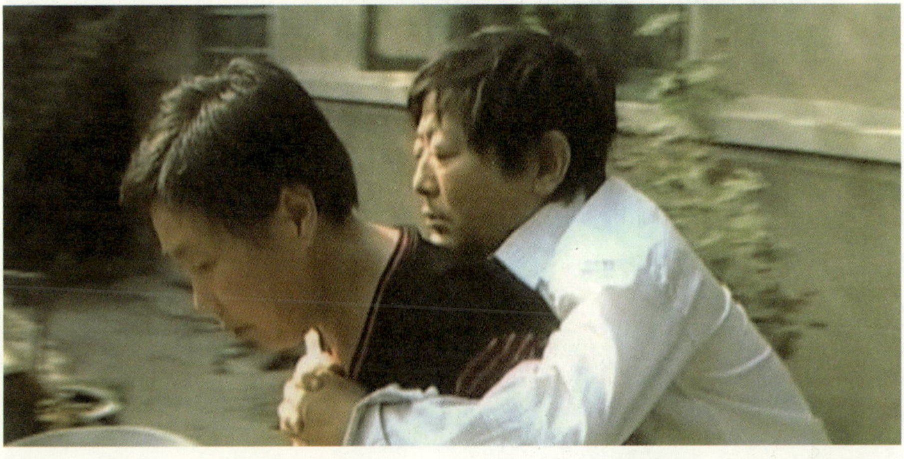

还有一次去医院时下大雪，路上积雪很厚，下车后也是李凤芹把小叔子背回家的。这回小叔子没推让，而是流着泪说：“嫂子，要不是有你，我早不活了。”

李凤芹说：“兄弟，你不能这样说。有病咱慢慢治。没有钱也不用你操心，我是个护士，不管是弄药还是看病我都懂，你都不用操心。有我这个嫂子你应当感到很幸福，你要对自己有信心，对活着有信心。你这种悲观的情绪是错误的、有害的。”

只要家人还活着，做什么都值得

为了让小叔子的病尽早好起来，李凤芹像照料自己的孩子一样，无微不至地照顾小叔子。怕他躺久了长痱子长褥疮，李凤琴就经常帮他翻身、擦洗；运用自己的护理技能，给他拔罐、按摩；还用热水兑上药水

用毛巾给他擦身子，促进血液循环。做这一切，她从没有怨言，她对小叔子说："你和你哥都是咱娘身上掉下来的肉，你放心，嫂子不会舍下你们不管的。"李凤芹对小叔子的细心照顾，使医生们都感到惊讶。他们无法相信，像吴兆玉这样的病情和家境，还能活到现在。

其实，吴兆玉自己，多次有轻生的念头。有一次李凤芹给他擦洗、按摩、烫腰时，他对李凤芹说："嫂子，我不治了。活着这么难受，还不如死了利索。"李凤芹照例劝导了一阵，心里也多了些牵挂。果然，她从小叔子的爱人那儿听说，小叔子不想吃药了，把好多应当按时吃的药片攥在手里，不吃。她当即找到小叔子，严厉地对他说："你干什么？你凭什么不想活了？你还有孩子，还有老人，你就忍心合上眼走了吗？你若是走了，我的负担不是更重吗？不管怎么说，只要你活着，上有老的，孩子也有爹有娘，多好呀！我辛苦点就辛苦点，咱们家又不比别人家，只要咱们团团结结的，吃得好坏没关系。你要有信心好好地活着，你不好好活着你对得起谁？你哥死了这么多年了，我辛辛苦苦地这么多年，你若是死了，我不是白给你操了这些年的心吗？"说着，她把他手心里的药片抠了出来，硬是让他吃下去。小叔子哭了，哭得很悲恸。她也哭了，哭得很伤心。

有一次，吴兆玉的病又发作得很厉害，到医院一查，极度贫血，只有6克。医生给开了治疗贫血的针药，一支100元，15支，还有补钙的针药，70多元一支。打上这些补药，吴兆玉又精神了不少。而家里，又欠下很多债。

李凤芹也有发愁和苦闷的时候，这时，她只能对女儿诉说："小娟，你小叔要是没有了，可怎么办呀。”经过这些年的熏染，娟娟对于小叔的感情也深了不少，对妈妈也多了几分理解和敬仰。娟娟说：“万一小叔叔不在了，咱们就拿小婶婶和弟弟当亲人，让他们和咱们一块生活。”

看着懂事儿的女儿，李凤芹欣慰地破涕为笑。

人都是知恩的，吴兆玉说：“我感到很惭愧，因为我的病、我的家庭耽误了嫂子一辈子的幸福。如果今生好不了，没有机会，来生当牛作马也要报答嫂子！”

弟媳则说：“没有我嫂子，我丈夫活不到现在。我感谢我嫂子，以后要报答我嫂子的恩情。我嫂子很辛苦，我啥时候也忘不了我嫂子。”

兆玉的儿子现在5岁了，他对李凤芹的感情最深，张口就是：“我找我娘娘！”左一个娘娘右一个娘娘地叫，一刻也离不了，李凤芹到哪儿他就跟到哪儿。原来，从不到1岁，李凤芹就喂他，搂着他睡觉。小侄子还因为小肠疝气做过一次手术。下了手术台就直接抱到李凤芹家了。现在兆玉的病比原来厉害了，晚上她爱人得伺候他，没法睡囫囵觉，他们的儿子就一直跟着李凤芹睡。

连老婆婆也转变了对李凤芹的看法，逢人就说摊上了个好儿媳妇。

兆祥刚去世时，婆婆对李凤芹极不信任。她说：“她还这么年轻，很快就会找个对象走了，走了她还能管咱这个家吗?

但李凤芹做的，却与她想的恰恰相反，镇医院14号发工资，16号李凤芹就给婆婆送来了生活费和零花钱。她对婆婆说：“娘，兆祥没有了，与活着一样，我是吴家的儿媳妇，我能舍下你不管吗？”一次、两次，一年、两年，婆婆终于不再怀疑，她搂住凤芹哭着说："凤芹呀，我可没寻思你对我这个样。我寻思没有兆祥了，你就不管我了。"

婆婆见着人就夸媳妇："哎呀，她对我可好了，我离了她不行。我看不见，吃肉她夹给我，吃鱼，把刺剔干净放到我碗里。我不吃，她就放到我手里。我离了她不行。她要三天不来，我心里就急得难受。亲闺女也没有这么好的。真的，不信你去找找看，亲闺女也没有这么好的。"

对小叔子和婆婆付出得太多，对自己的女儿就顾不上了。娟娟结婚时，李凤芹没钱陪送嫁妆，只给了她6000元钱。这钱不是她攒的。是定亲时对方给的。女儿的离去使她感到了空前的孤单，也觉得挺对不起女儿的。唉，整天在眼前似乎感觉不到，这一离开就有些受不了了。

更令她内疚的是，女儿前不久因宫外孕住院手术，李凤芹却因为小叔子要输液，顾不上照顾女儿。尽管婆婆和公公照顾得很周到，但娟娟还是希望妈妈多在身边留一会儿。妈妈是护士，照顾得会更科学，再说，自己还有很多话要对妈妈说。可想到家中那么多的事儿，想到小叔叔的病，她还是忍着泪劝妈妈早点儿回家。

有时候累极了，思前想后，李凤芹觉得自己这一辈子很不容易。原来挺好的一个家庭，两口子都有稳定的工资，自从丈夫得了病，家庭状况一步一步往下滑，自己也越来越累。可是她觉得不亏，在她的帮助下，亲人能活着，这是最令她欣慰的。**钱是身外之物，生不带来，死不带走，只要自己有钱，就一定尽力帮兆玉治病。只要看到兆玉活着，兆玉的小家还囫囵，她就觉得钱花光了也值，自己再累也值。**

点评

夫妇有义，五伦之德。丈夫不在了，又该如何？李凤芹，一位失去了丈夫的青年女子，没有选择再婚，自寻幸福，而是选择留下，让婆婆感到没有失去儿子，让小叔子身边多了一位“嫂娘”。

青春容颜最易老，大爱之心却无疆。李凤芹选择了留下，就是选择了孤苦、艰难与付出，却让别人获得了家的慰藉、爱的温暖与生的希望。

每个人来到这个世上都有自己的使命。李凤芹的使命多少有些悲壮而沉重，但她却担当下来，走得铿锵复铿锵，让须眉汗颜，让巾帼濡目，让天下人引为楷模！

五

46个孩子 一个家

申竟

女儿的埋怨和丈夫的误解，挡不住她执著的脚步；为了回报社会，下岗女工收养40多名失学儿童，老师、妈妈、厨师，一人兼多职；为了贫困失学的孩子，她甚至愿意舍弃生命。

如今有钱的人很多。媒体上关于百万富翁、千万富翁甚至亿万富翁的报道比比皆是。可惜的是，多数是负面报道：例如开车撞人、包养二奶等。最近炒得沸沸扬扬的是一个亿万富翁雇凶杀了另一个亿万富翁。事情败露，杀人的和指使杀人的也都命赴黄泉。被杀的是一个，偿命的却是兄弟三人，这真令人感慨。钱是好东西，谁与钱都无仇，但钱多了也不一定就是好事儿。

山西长治有个百万富婆，有了钱不穿名贵的衣服，不戴金银首饰，不吃山珍海味，而是救助了46个因贫困而失学的儿童！而且，因为她花在孩子们身上的心血和钱太多，使得儿女和丈夫都有很多怨言和怨恨，家庭关系极度紧张，一度处于解体的边缘。

她叫申竟，是个下岗再就业的女工。下岗后，她与丈夫经过一番打拼，建立了自己的企业，最辉煌的时候，年纯收入超过百万元。

丈夫：突然发现我的私房钱少了几万元

丈夫张新民说起这事，还是相当的气愤。他说，申竟要做这事时，也曾与他商量。他觉得很意外，不同意，说："这是应当由政府办的事，与我们没有关系。"但是申竟不听他的，一意孤行。张新民知道妻子的脾气，她想干的事九头牛也拉不回，就采取"冷处理"方式——不与她交流，一个多月不理她。毕竟是有钱人，房子大，房间比较多。他就对妻子实行"家庭内部分居"的方式以示报复。妻子仿佛是"自知理亏"，逆来顺受，想用感化的办法缓和与丈夫的关系，不论丈夫说什么、如何地不理她，她都给丈夫笑脸，努力跟丈夫交流。张新民白天表现得挺英雄，但晚上一个人睡在小床上，越想越伤心。这些年奋斗成功不容易，妻子却走火入魔拿出巨款救助失学儿童，一个两个也就算了，居然一下子就救助了这么多，整整一个班呀。而且整天忙得团团转，生意也顾不上了，多花了钱，又少挣了钱，这日子怎么过！他很生气，失眠了很多次。

更可气的是，有一天他要用钱，竟然发现自己的私房钱也少了好几万元！他愣了一会儿，断定是妻子拿了。因为别人不知道这地方，也拿不走。于是他把余下的钱转移了。晚上，等妻子回家，他虎起脸问她，妻子承认得倒是很爽快，说给孩子们买衣服，一时周转不过来，就拿了他的钱。妻子还承认，这已经是第三次拿他的"私房钱"了。

这日子没法过了！他愤而提出离婚。他说："如果你一意孤行，那你去献你的爱心，我和俩孩子一块儿过！"但是妻子不同意，还是耐心地说服他。冷静下来他想，自己与妻子的关系无非是三条路：一是改变她，二是服从她，三是离开她。20多年的共同生活和经验告诉他，改变妻子是不可能的。那么离开她呢，也实在舍不得。妻子能干，疼他，也爱这个家。再说她为这些孩子，也不是做坏事。他曾经婉转地劝妻子："个人根本就没有必要做这件事。你实在要干，就办一个希望学校，没有必要把这么多孩子的吃喝拉撒睡全管起来，像母亲一样，既花钱，又操心的。"

后来，他的转变可以说是中了妻子的"套"。有一天他正要出门，妻子领着一帮孩子到了他们家，孩子们见了他，齐声喊"爸爸"。这令他心头一热，赶紧回头给孩子们拿饮料、拿水果。后来，跟着妻子到农村贫困孩子的家去做家访使他彻底地转变了。在城市中长大的他被震撼了，他没有想到，还有人生活在这样艰苦的条件下。

女儿：凭什么呀？这是我的家！

相比之下，女儿的反应更强烈。从小到大，妈妈都特别宠她。想吃什么想穿什么妈妈都满足她。女孩子嘛，总是喜欢买衣服。家里有的是钱，也就习惯了喜欢哪件就买哪件。买回来一放，有时候几个月也穿不着。有一次她整理衣柜，发现有两件衣服似乎不见了，但也拿不准。再后来，她发现妈妈救助的女孩竟然穿着她买来还没穿过的衣服。她非常生气，就当着那女孩的面问妈妈："哎，这件衣服怎么与我买的那件一模一样啊？天底下难道真的有这么巧的事吗？"妈妈没说什么，等那个女孩走了，才小声对女儿说："反正你衣服多，又不差这一件两件的，她们喜欢，就让她们穿吧。"女儿忍不住对妈妈大发其火。

还有一次，她回家迟了一点，发现一个孩子竟然睡到了她的床上。妈妈不让她把孩子喊醒，反而让她睡沙发或打地铺。她赌气说："那我不睡了！凭什么呀？这是我的家！"妈妈说："孩子都睡着了，别弄醒她。"女儿心里特别难受，甚至想打那小孩一顿。她气恨恨的，一夜未眠，想起高中住校时，妈妈给她送她最爱吃的排骨，同学们都眼红；想起以前要买什么，妈妈二话不说；现在她说要什么，妈妈却说经济困难什么的。想到这里，她对那些小孩恨得咬牙切齿。

第二天女儿还在生闷气，也不跟妈妈说话。妈妈对她说话，她只瞪了妈妈一眼算是回答，也不吃妈妈端来的东西。问急了，就说一句：

“我不吃孩子们剩的东西！”她发泄时，妈妈不说话，只是叹气。她就特别高兴。但想想以前妈妈对她的宠爱，又特别委屈，心理特别不平衡。她想，我是亲生的，这些孩子怎么可以来分享我的妈妈呢？

申竟：我的经历使我回报社会帮助他人

申竟的童年生活十分贫苦，12岁时父母相继去世，她领着三个弟妹生活。有一次她带着弟弟路过一个小饭店，弟弟看着别人吃饭，说姐姐我想吃。申竟身上没有钱，也无法面对弟弟渴望的眼睛。她没说话，抱起弟弟快步走开了。现在想起这些，申竟还是特别心酸。

申竟从小非常喜欢读书。但家里穷，为了照顾弟弟妹妹，她不得不辍学。她的老师宋玉贤主动提出资助她读书，直到她完成高中学业。此

后，为了照顾弟弟妹妹，申竟放弃了深造的机会。如果没有宋老师的资助，她早就辍学了。想起自己苦难的童年，想起恩师的资助，看到生活中还有许多聪明可爱的孩子因为贫穷而失学，她产生了救助这些孩子的想法。她说，宋老师的帮助，让她有了一颗感恩的心，如果没有宋老师的帮助，自己可能就没有今天。现在她有钱了，**像恩师那样去帮助别人就是对恩师最好的回报。**

一开始，她也曾像别人做的那样，出钱资助过一个贫困山区的女孩。可是那个女孩因为语言不通，无法与同学和老师沟通，整天哭着闹着要回家，最后还是离开了学校。这使申竟非常痛苦，也引起她的反思。她也曾想捐助建一所希望小学。但她看到，即使是这样，那些上不起学的孩子仍然无法走进学校读书。而且，她了解到，有些捐助款竟然到不了孩子手中，而是被孩子的父母花掉了。这一切促使她产生了集中把孩子管起来，把生活全部包下来的想法。

2003年4月，申竟租下了紫坊小学校内的一座小四合院，把长治周边贫苦家庭的35个孩子领回来，组成了一个特殊的大家庭。孩子们集中生活，就近在紫房小学就读。

2004年6月，申竟因为生意上的事来到了贵州。在黄果树瀑布附近，有一个小男孩，一直跟着她走，她觉得奇怪，可是也没多想。当她喝完手中的矿泉水，把瓶子扔在垃圾箱里的时候，那孩子捡起瓶子就跑。她这才明白，一个5岁的小孩，为了捡一个瓶子，跟了她15里路。这一幕深深地烙在她心里！

在贵州的紫云县，她看到了更令她不敢相信的一幕：村民们像生活在原始社会，竟然是住在溶洞里，很多孩子没有鞋穿，更没有学上。她看到一个十四五岁的女孩抱着一个小男孩，就问她为什么不去上学而在家看弟弟，不料想小姑娘却说她抱的是自己的孩子！原来，在贫穷的山区，仍然有人偷偷早婚早育。申竟被深深地震惊了。一个女孩就是一个家庭。她自己还不合格，哪有资格教育孩子？如果一个女孩没有知识和思想，她所组成的家庭也不可能是有质量的家庭。这次贵州之行，她又带回10个孩子。这些身体健康、智力健全的孩子分属于苗族、布依族，半数以上是孤儿，还有的是单亲家庭，当然，无一例外家庭贫穷。

她说，她要把孩子培养成才，将来回乡建设新农村。2006年春节过后，她又收留了当地一个名叫路凯的6岁的贫困孩子。这孩子的姐姐路小飞是这个大家庭的第一批成员。她的父亲是残疾，妈妈和奶奶都有病。在她父亲的一再请求下，申竟又收留了路凯。由于还不到入学年龄，路凯目前在紫房小学读学前班。这是申竟救助的第46个孩子。包括亲生的两个孩子，她现在是48个孩子的妈妈。

丈夫：我彻底想通了，坚决支持她把这事做好
女儿：这些孩子刚来时，除了吃的什么都不认识

想当初，张新民和儿子女儿对申竟的做法都冷嘲热讽，联合起来孤立她。申竟回家，丈夫就说："快快，名人回来了。"女儿就说："噢，大忙人来了。"然后他和女儿还有儿子就各人钻进各人的房间，关上门，让申竟孤零零地自己吃饭。这也难怪，本来家里的一应琐

事都是申竞来管，现在可倒好，早晨起得最早、离开家也最早的是她，晚上回来得最晚的也是她。张新民在家是又当爸又当妈，当然觉得特委屈。后来，几次下乡看望孩子的家庭和父母，使张新民重新审视自己也重新认识妻子。再后来，一个农民工的到来又使他深深感动。

那是一个星期天。他见到这个农民工时已经是傍晚。这个名叫刘志新的农民工家距离长治150公里，坐汽车挺方便的，可是为了省钱，他硬是坐火车，结果辗转走了一天多才来到长治。到了之后又找不到紫房小学，到民政局去打听吧，因为是星期天又没找到人。就这样他坐着人力三轮车在长治市转了半天，被讹去了100多元钱才来到紫房小学。见到张新民，见到被救助的孩子，他很高兴，但并不说出真正来意，直到看到申竞，他才兴奋地说："对，就是她，报上的照片就是她。"然后他掏出皱巴巴的500元钱，一定要捐给孩子们。申竞和张新民婉言谢

绝，但他却执意要把钱留下。第二天张新民要送他乘汽车回家，但他却坚决坐火车，说坐火车可以省钱。张新民送他到火车站，给他买了火车票，送他上车。火车快要开动时，他从窗子扔下一个纸包，说是给申老师写的信。张新民打开，里面是买火车票的钱，还有一行字："申竟为孩子花这么多的钱，我不能让她给我买火车票。"看着远去的火车，握着手里的纸条和钱，张新民久久不能平静。

他完全理解了妻子，并全力支持妻子的事业。儿子和女儿也在变。一开始女儿对这些孩子很反感。不仅因为他们"夺去了"属于他们的母爱，还因为有的孩子不懂事。这些孩子有相当一部分是孤儿和单亲家庭的孩子，再加上自幼贫困，文明礼貌什么都不懂。见了好吃的就抢，也不论在什么场合，甚至连烟灰缸都不认识。不知道什么是卫生间，也不知道什么是阳台。女儿觉得不可思议，觉得这些孩子好讨厌，好像只认得吃的。特别是来自贵州的孩子，刚来时连一句普通话都不会说。后来妈妈告诉她，由于贫穷，他们除了最基本的吃的之外，确实是什么都不认识，也从来没有接触到过现代文明。她开始觉得这些孩子好可怜。再后来，妈妈带她去了学校，小孩子们见了她特别热情，"姐姐、姐姐"叫得特别亲，还为她搬凳子、端水。这令她心动。对比这些孩子，她觉得自己真是太幸福了。这时，妈妈又教育她要自立，要节俭，她开始理解到妈妈的爱并不像她所想的那样狭隘。妈妈不是不爱自己了。妈妈以博大的爱为自己做出了表率。

申竞：让孩子以城市人的意识建设家乡

申竞把孩子集中起来，管吃、管住、管卫生，还管日常生活习惯，包括：早晨和睡觉前刷牙，睡前要洗脚，起床要叠好被子，自己的东西要放整齐，不准说脏话，吃饭要排队，要讲究礼貌，说普通话等等。为了改变孩子散漫自由的习惯，她请解放军帮助她训练了一个月。目前这个“家”里有五个生活老师，照顾孩子们的一应起居生活学习。

其实，这还是低层次的要求。在日常生活中，申竞利用一切机会让孩子了解城市、融入城市。她带着孩子进宾馆，吃大餐（当然是偶尔才有这么一次），参观城市设施，还到北京观看天安门广场的升旗仪式。她的标准是：城市孩子拥有的，他们也都要有，城市孩子们看到的，他们也都要体验到。有一次出差，在杭州机场临上飞机前，她花220元钱买了两个大芒果带回来，分给孩子一人一小口。因为，这种大芒果在长治是看不到的。她特地告诉孩子们这是什么，产自哪里，怎么吃，类似的水果还有南方的火龙果等。尽管孩子说，味道与土豆差不多，申竞还是乐此不疲。她说，关键是改变理念。她就是要让孩子们过城市人的生活，让他什么都体会到，包括小车、电话、电脑。当孩子有了城市人的文明和理念，再回到家乡发展，就能有意识、有动力也有能力改造农村，在改变自己生存状态的同时改造家乡。不太善于说大话的申竞说：

“哪怕我只有火柴那样大的一点光和热，也要献给这些孩子们。”

点评

不善于说大话，却做着天底下最大的事业；把自己比喻成火柴，点亮贫苦孩子信念的火炬。因为贫困过，才知道贫困的滋味，因为受人资助过，才明白助人是世间最大的快乐！

捐款是爱，但她感到还有距离；让孩子们聚在身边，像亲生儿女一样生活，她才觉得踏实。申竟，富而不骄逸，贵有扶贫心。她是2个儿女的生身母亲，是46个孩子新生的妈妈。她是城市的乡恋者，她是乡村的拓荒人。她用最诚信的方式，表达着人间的真爱！

六

母爱暖回浪子心

韩雅琴

一声“妈”让她担起了教养148个刑满释放人员的重责，因为她深信，每帮助一个失足青年重新走向人生，就会给社会减少一份负担，给国家多增添一份安定。她用自己独特的“母亲般”的方式，让浪子们找到了家，找到了接受他们的怀抱。

在山西太原，提起韩雅琴，无人不知，无人不晓。

现年72岁的韩雅琴有三大怪，一是她自己儿女双全、子孙满堂，却又陆续“收养”了148个孩子，这些孩子都叫她妈，对她都特别亲，特别依赖，有些比对自己的亲妈还要亲。二是这些孩子最小的十五六岁，最大的一个73岁了，竟然比韩雅琴还大一岁，73岁的大老爷们却硬赶着比他还小一岁的韩雅琴叫妈，你说奇怪不奇怪？三是这些孩子绝大多数是刑释解教人员和少年管教人员，另外还有吸毒的、网络游戏成瘾的和各类问题少年。

这到底是怎么回事？她为什么要收留这些人？

“你如果不收留我们，我们就去砸银行，再‘进去’！”

韩雅琴原本是工人。1983年，由于企业效益差，年近50的她被下岗分流。本来，像她这样的年纪，又没有什么技术特长，儿女们都成人了，都有工作，她自己多少也有一份生活费，够吃够穿的，完全没有必要再折腾。可她不愿意在家吃闲饭，而是筹集了一点儿资金，自己开了一家小餐店。开小餐店是为了做事，主要是有事干，不是为了挣钱，所以油是好油、面是好面、肉也是新鲜的肉，顾客觉得这儿卫生、实惠，吃着放心，一传十、十传百，小餐店还挺红火，韩雅琴忙得心花怒放。

这几天，韩雅琴发现有几个十五六岁的孩子一连几天都到小餐店蹭剩饭吃，怪可怜的，就叫厨师把剩下的豆腐都做熟了，端给这些孩子吃，孩子们狼吞虎咽地吃完，一阵风似的跑了。望着他们的背影，韩雅琴苦笑着自嘲说：“四个臭小子，连句谢谢阿姨也不知道说！”没想到第二天上午，这四个孩子又来了，而且直接跑进后面厨房帮着择菜洗碗。韩雅说：“谁让你们进来的？快点出去，一个个脏兮兮的，不能在这儿！”孩子们围住她说：“阿姨，我们想找一份工作。阿姨，我们给你打工吧！”韩雅琴说：“你们都还这么小，干什么工作？快回去上学去！”

孩子们不走，缠住她乱叫。她只好把他们领到一个僻静的房间，慢慢与他们聊，才知道这些孩子最大的19岁，其他的才十四五岁。她问最小的一个孩子：“为什么不好好念书，老往这儿跑？”这孩子说：“我继母打我。”韩雅琴说：“你不好好念书，你亲妈也得收拾你啊。”孩子说：“我亲妈早不管我了。”仔细一问，四个孩子中有三个孩子说父母离婚了。问他们住哪儿，孩子们说就在火车站的水泥管子里住。韩雅

琴听了，心中酸酸的。第三天，当几个孩子又来时，她把他们叫到屋里，给他们摆上一桌饭菜，一边让他们放开吃，一边和颜悦色地劝他们回家、好好上学，这些孩子突然齐刷刷地向她跪下，苦苦哀求要认她做妈，跟着她干。她大吃一惊，完全没想到孩子们会提出这个要求。她不答应。孩子们流着泪说，如果她不收留他们，他们就砸银行的玻璃，再“进去”。她恼了，生气地问：“你们这四个小子，从哪儿来的？”这四个小孩子才说出实情，原来他们都是从少年管教所出来的。回家，父母容不下他们；找工作，社会也不认可他们，走投无路才想到这条路。孩子们哭着哀求说：“妈，你收下我们吧，我们再也不犯罪了！”

韩雅琴十分为难。她开这个小店，为的是解决自己的“再就业”问题，根本没有扩大规模的设想。再说，自己有儿有女的，突然收养这样一群“问题孩子”，家人会怎么看？社会上的人会怎么看？这些孩子一

个个都是刺儿头，万一管不好，饭店办砸了事小，惹出点刑事案子什么的，可就麻烦了。

可是，如果不收留他们呢？他们都是半大小伙子，一个个精力充沛，又有前科，万一他们一时犯傻真的去砸银行，那可就不是进少管所而是进劳改队了。作为一个母亲，她想到了自己的孩子，最终母爱的力量占了上风。她暗暗叹了一口气：唉，就当这些孩子是自己养的吧。于是，韩雅琴把四个流着泪跪在那儿的孩子揽在了怀里说："既然你们说都没有家，那你们就留下吧。"孩子们齐刷刷地叫了声妈，韩雅琴流着泪答应了。

为了管好这些孩子，她给他们规定了约法三章，分配他们店前店后不同的工作。这就是她收留的第一批孩子，后来收留的孩子们多了，名字记不过来，就干脆编号。

俗话说，"善门好开，善门难关。"从此一发不可收，一传十，十传百，23年来，投奔到她名下做儿女的，竟然达到了148个。

"这些孩子，挨过我的打的有百分之八九十"

收养这样一批孩子，管理的难度可想而知。既然是妈妈，韩雅琴对于他们就免不了家长式的管理，她总结说，气极了，她也会打孩子，而且，挨过她打的，竟然占到了百分之八九十。

以一号儿子王岳虎为例。

看到一号儿子脑子挺活泛，手也巧，韩雅琴筹集了2000元的学费，

把一号儿子王岳虎送到了烹调技术学习班。随后，她又到税务局交足了当月的税款。回到办公室，嘿，王岳虎早回来了，正跷着二郎腿，在办公室坐着呢。韩雅琴隔着窗玻璃一看，气不打一处来。这2000元钱是她跑了好几家借来的，让他去学点技术，结果他根本不当回事，居然回来得比她还早。恰好窗户上插着把鸡毛掸子，韩雅琴拿过鸡毛掸子，狠狠地抽了王岳虎几下。一边抽，王岳虎哭，她也哭。她哭着说："妈妈打你，是为了让你记住，妈妈给你这个学习的机会，你要珍惜，妈妈借这俩钱很不容易。妈妈让你学习点技术，目的就是让你今后能自立，你是个男人，将来你得娶媳妇，得养家糊口，如果你连点技术都没有，今后你怎么办？"王岳虎跪在那儿，流着泪说："妈妈，我错了，我一定听话，我这就回去，好好学技术！"

还真应了"不打不成器"那句老话，王岳虎这顿打没有白挨。他很要强，说到做到，学得很努力。他毕业时，恰好太原市举办烹调比赛，韩雅琴就派他去参赛，她说："儿子，你给我考试去，我看你能给我得回来个什么。"结果，王岳虎扛回块"服务明星"的奖牌，韩雅琴很高兴。

68号儿子李海峰：妈妈使我"变废为宝"

68号儿子李海峰的情况有些特殊。首先，他不是孤儿，而且，他的亲生父母也没有离异，不符合韩雅琴"内定"的收养条件。但李海峰软磨硬泡，一再说明他出狱后亲生父母确实是不要他了。韩雅琴也亲自上门做他父母的工作，几次被拒绝之后，她最终才破格收下了李海峰。

李海峰个性要强，很讲信义，但也恰恰是吃了讲“哥们义气”的亏，坐牢的。他聪明、好学，喜欢搞点小创意之类的东西，挺有想法。出狱后他想学点技术，做手工艺品，自食其力，就向父母要点启动资金。他要的钱也不多，不过一两千块钱，以父母的经济实力，拿出这点钱实在是容易得很。可父母亲因为他的入狱伤透了心，认定了这个儿子不成器，要了钱去肯定是干坏事，铁了心地不给他，还挖苦他说：“你还想实现人生的价值？你有什么存在价值？你把我们全家人的脸都丢光了，你就有本事杀人放火！”这很令李海峰伤心，他把心一横，你不认我，我另外找个妈。这样他就缠上了韩雅琴。别人都叫韩妈妈，他不，他就叫妈妈。当他对韩雅琴谈起要利用废旧易拉罐搞工艺品的创意后，韩雅琴立刻表示支持。她说：“我们家里现在没钱，等有钱的时候，一定会支持你的。”过了不久，韩雅琴应邀到广州做报告，离开广州时，广州司法厅的领导对她一再表示感谢，并拿出3000元钱，说是让她买身衣服。她说：“衣服我就不要了，钱我留下，我有个儿子要搞个创意，这钱就算是你们支持我的儿子的启动资金吧。”回到家，韩雅琴把这个鼓鼓的信封交给了李海峰。看着这3000元钱，李海峰的泪水喷涌而出。在入狱之前，他是见过钱的，两万三万的从来没真正当钱花。而韩雅琴给他的这3000元钱，却让他感到了暖融融的母爱，感到了沉甸甸的分量，这是妈妈对他的信任，给了他人生的信念，让他重新做人。而如果没有韩雅琴，以他的性格，很可能一不做二不休，再次做出危害社会的事。他用废旧的易拉罐制作的各种工艺品，包括龙、凤等各种装饰图案，很受社会的欢迎，好几家媒体进行了报道。他也凭着这“雕虫小技”得以安身立命，成为一个对社会有用的人才。

后来，在韩雅琴的反复劝导下，他的亲生父母最终认可了这个儿子。当李海峰的父母来到韩雅琴家，与儿子相认时，现场所有人都流下了眼泪。李海峰与父母流的是悔恨的泪，相思的泪；韩雅琴流的是幸福的泪，欣慰的泪。

对于李海峰来说，是得到了双份的亲情，对于社会来说，则是多了一个和谐家庭，多了一份安定因素。

他进门就跪下，用释放证遮着脸：“妈，你要是不收留孩儿做儿子，孩儿就不起来”

收留严振国的经历，最为奇特。

那天韩雅琴正在家中，突然跑进一个人，还没等她看清楚呢，扑通一下就跪下了，双手高高举着释放证，把脸挡得严严实实的：“妈！收下我这个儿子吧！我早在狱中就听说您心眼儿好，是我们这些人的活菩萨，求您一定要开开恩，收下我。”

“你先起来，别跪着说话，新社会了，不兴下跪。坐沙发上说话。”

“不，你要是不收孩儿做儿子，孩儿就不起来。”

“好吧，那我就收下你。起来吧。”

“妈!我的亲妈!”

“哎！快起来吧。”

“孩儿还有两个要求。妈答应了孩儿才起来。”

“说吧。”

“一是给孩儿落上户口，二是给孩儿找份工作。”

一口一个孩儿，韩雅琴就答应了。可是等那人把挡着脸的释放证拿开，韩雅琴吃了一惊，这个人胡子拉碴的，满脸皱纹，根本就是个老人嘛！她赶紧问：“咳，你到底多大了？”

“妈，孩儿67岁了。”

韩雅琴一听，咳，比自己还大一岁呢，这算什么事儿呀！但既然已经说好了要收留，也不能反悔，就说：“算了，你别叫我妈了，叫我姐吧。”

严振国说：“妈，这可不行。叫妈和叫姐不一样。有妈就有家，有家就有爱。有妈孩儿心里头踏实，妈能给孩儿遮风挡雨。”

一席话，令韩雅琴十分感动：“那你就叫吧。”

原来，严振国16岁就开始蹲监狱，由于所犯的罪行严重，他在监狱里整整呆了51年！

走近韩雅琴，透视这个特殊大家庭的内部生活

韩雅琴有儿有女，有儿媳有孙子，再收留这么多的特殊儿女，她与这些儿子如何相处？

她拿这些孩子与亲生儿女一视同仁，与自己的亲生儿女同样对待，

从未因为他们的特殊经历而有所歧视。这些孩子就与她、与她的亲生儿女一起，同吃、同住、同劳动、同学习，为此他还制定了家规，要求所有的孩子(包括亲生的)，都要和睦相处，不得歧视。一大家人在一个锅里吃饭，一同开会学习、讨论。如果有人做了错事，不论是亲生的还是收养的，一样挨批评。甚至，她还处处护着收养的孩子。有一天她回家，亲生的小儿子向她要2元钱，她问干什么，儿子说要买包烟钱不够了。她一听是买烟，就说没钱。也巧，这时一个刚收留的儿子进门了，向她要5元钱，要买烟抽，她二话没说就掏出5元钱给了他。亲生儿子看在眼里，心理不平衡了，好一阵扭不过弯来。而韩雅琴自有她的道理。她说："我的亲生儿子有工作，有收入，还跟我要钱买烟抽，这钱我能给吗？刚进来的孩子身上没有钱，如果不给他，他一时想不开，再去偷怎么办？"

小事如此，大事更是如此。对这些孩子，韩雅琴不但为他们提供工作岗位，到了年龄，还一个个为他们找上媳妇，帮他们买上房子，成家立业。

人心换人心。韩雅琴对这些孩子的爱，使这些孩子感受到了久违的母爱，感受到了久违的家的温暖。他们争着与妈妈亲近。在上工的路上，他们都愿意靠韩妈妈近一些，而那些腼腆的、靠不到韩妈妈身边的，就一脸的不高兴，把嘴撅得老高。韩雅琴就把身边围着的孩子赶开，让那几个靠不到近前的孩子过来，挨个摸摸他们的脸，拉拉他们的手，这些孩子就高兴得不得了。

“奶奶！叔叔们弄了好多瓶子在那里，不知要干什么？”

然而，韩雅琴对于他们，又必须随时提防，比如，她如果在外面受了什么委屈，遇上什么不顺心的事，回家是绝对不敢表现出来的，对这些孩子还得一脸的笑容。因为，万一让这些孩子知道他们的韩妈妈受了欺负，他们马上就蹦高，“保驾护航”个个都是好手：“谁要敢欺负我老妈，那就得拉出来遛遛，比试比试，讨个说法!”

这些孩子，个个不是省油的灯，平时就让韩雅琴操碎了心，遇上大事，更是丝毫不敢马虎。

2002年，太原市进行城市整治，大规模拆除、重建。此时韩雅琴的企业已经做得很大，不算郊区的农场，光是在城区的饭店和企业已经有十几个，饭店的工作人员，都是安置的她的这些孩子们。根据市里的规划，韩雅琴在城区的企业有十个要被拆除，直接经济损失是320多万元，还牵扯到许多孩子的工作安置。韩雅琴当时心里也很难受，毕竟一个个企业都是她的心血。但她一是识大体顾大局，二是有委屈也不敢对着孩子们说，还得帮着有关部门做孩子们的工作。这种压力不是一般人能承受的。但再难承受也得承受。很快，在她的配合和支持下，她在城区的十几家企业顺利拆掉了九个，孩子们也没有闹事，韩雅琴松了一口气。这时，她亲生的大儿子因为糖尿病住院，病情严重，捎信来说想吃水饺，韩雅琴就在家里张罗。水饺快包好的时候，小孙子慌慌张张地跑来说："奶奶！奶奶!那些叔叔们弄了好多瓶子，还有镐头铁锹什么的，不知道要干什么，你快去看看吧!"

韩雅琴一听，赶紧跑去看情况。原来，拆迁队没和她打招呼，就要去拆"丽丽饺子馆。"附近有个老太太说了句："哎呀，把这个饺子馆给拆了，这些孩子上哪儿干活吃饭去？"有个拆迁干部说话不太注意，大大咧咧地说："什么？劳改犯还想要份工作？好多下岗的还没有工作呢!"

这位拆迁干部的话，把那些因为拆迁早就窝着一肚子火的孩子们一下激怒了。他们把铁镐、铁锹都拿出来了，要与拆迁队的拼命。他们还预备了几十瓶汽油弹。

形势一触即发，十分危急。

韩雅琴赶紧给孩子们消火。她说拆迁是国家大事，你们不能胡来。但孩子们正在气头上，还是呼啦啦往外就跑，韩雅琴就追，一不小心被井盖绊倒，把膝盖骨都磕碎了。她顾不得钻心的疼痛，大声喊：“你们要是不听话，以后就别再叫我妈！”

这一嗓子喊到了孩子们的软肋上。无论如何，他们都不能失去韩妈妈，失去韩妈妈的爱。突然有人喊：“哎呀，韩妈妈摔伤了！”孩子们跑回来，扶妈妈去医院，韩雅琴不去。“如果你们不听话，我就不去医院。快，都回来，把家什都给我放下！还有那些个装了汽油的瓶子，都给我销毁了！”

有的孩子冷静下来了，帮着韩妈妈做工作，一场惊天动地的血案才得以化解。

第二天，当韩雅琴拖着伤腿去医院看大儿子时，大儿子已经不能下咽，她含着泪把饺子嚼碎，一口口喂到儿子嘴里。

亲生的二儿子是警察，常常偷偷为妈妈站岗放哨

颇具戏剧性的是，韩雅琴亲生的二儿子王辉是人民警察。王警官原来在部队服役，转业后当了警察。由于工作的关系，他对犯罪群体有着更多的了解。一方面，他非常理解和支持妈妈的工作；另一方面，他又为妈妈担心。他说，他从事公安这个行业已经16年了，在从事公安工作之前，他没有意识到更多，而现在，他意识到妈妈的工作存在着很大的危险。家里经常有这样的人来投奔，妈妈心又太善。心善是好的，帮助人也是对的。但人心难测，害人之心不可有，防人之心也不可无。于是，他出警回来，常常在妈妈的房子附近绕几圈，有时在妈妈不知道的情况下，还悄悄地守候一晚上。王警官说："这些人的心理是比较特殊的，特别是刚刚回归社会的时候，可能心理还处在一个不稳定期。"

王警官的担心是不是多余的，暂且不论，但至少表明一个儿子对母亲的关心，同时，也从另一个方面印证了韩雅琴所做工作的重要性。实际上，也确实有这样的人，打着投奔的旗号，住下没几天，找借口"借"上一笔钱，就溜之大吉。韩雅琴也不追究。她说，有这笔钱，总比没有这笔钱要好。也许他会拿了这笔钱去做好事呢？

韩雅琴讲不出多少高深的道理，也不善于给自己定位。她说："凡是来投奔我的人，都是失去了父母的爱、失去了家庭的温暖、无家可归的。如果没有困难，他认个妈干什么呢？所以我跟我（亲）儿子说，你不用担心妈妈，妈妈用妈妈这颗心去暖他，把他暖过来。我尽我的力量、尽我做母亲的心去暖他，我能暖过

来一个，就减少一个定时炸弹，就减少一份对社会的不安宁。只要我付出我的母爱，不管他是什么样的人，我都会把他温暖过来。”

叹了一口气，她又说：“哪怕他就是一堆泥，我也要把他捏成人，也要让他学好。”

点 评

因为缺少关爱，他们成为浪子；因为有了母爱，他们成为儿子。浪子回头金不换，万金难换的，更是那母性的光辉！

她是向导，指引失足者的人生方向；她是魔术师，点块块顽石成金。韩雅琴，一位有着148个义子的母亲，一位义薄云天的传奇女性。她的诺言是不让一个失足青年再成为社会隐患，让昔日的“定时炸弹”，变成火炉，温暖社会；变成火把，照亮人间。

七

大山里的“愚公”

马光业

“要想富，先修路”这句话，没有人比生活在大山深处的人能理解得更深。十一载春秋，他誓做新时代的愚公，一定要把大山打通。曾有人说他“疯了”，更有人被他的行为笑得直不起腰，然而十一年后，当这个曾经的青壮小伙，满头白发的站在新路通车典礼的现场时，更多的人留下了热泪——他硬是让北岭“落”下了38米，让深山的人们有了走出去的希望。

泉城济南的南部是连绵不绝的山区。在重重大山之中，有一个三面环山的葫芦峪，峪里坐落着一个小小的村落，这就是济南市历城区绣川乡金刚纂村。和其他村一样，村里也有个支部书记；与其他村不一样的是，在相当长的一段时间内，这位村支部书记与他儿子的关系相对较差，差到有时候父子两人在路上相见了儿子都不叫一声爸爸，父子之间形同陌路。有意思的是，书记的妻子也常常对他一肚子抱怨。但这位村支书在村里的威信却非常高，十几年来，只要说起他，村民们都异口同声地夸他是个好支书。

他就是全国劳动模范——马光业。

2005年9月9日，记者前往金刚纂村采访，马光业正为通车典礼紧张地忙活着。

故事还得从21年前说起。

喜得贵子，却是喜忧参半

21年前，马光业喜得贵子。美中不足的是，由于生活的贫困，无钱进行新生儿筛查，结果发现儿子的左耳先天性部分缺失。

儿子是妈妈的心头肉，少一根毫毛妈妈都担心。妻子耿继芹拉着老马、抱着儿子到各级医院就诊。医生说，能治，但得到上海去，当地治不了。一打听，最佳治疗时间是孩子六七个月的时候，花费要十几万！

21年前的老马根本没有能力支付这笔费用，因为那时候不光老马一个人穷，全村人都穷。

临危受命，挑起村里大梁

20年前，金刚寨村穷得远近闻名。金刚寨村在深山沟的尽头，村后就是高高的大山，三面环山的地理环境，留给村里人的只有一条弯弯曲曲的山路，这成为全村唯一的出口。当地有句顺口溜："有女垫了栏（猪圈），不嫁金刚寨。" 金刚寨很多小伙子受不了打光棍的苦，纷纷到外地做上门女婿。

马光业是个血性汉子，他立志改变家乡的贫穷面貌。高中毕业后，马光业回到村里，先后干过会计、民办教师、团支部书记、村委主任、村党支部副书记。他以出色的工作和无私的奉献赢得了全村人的信任和拥戴，1994年春天，马光业走上了村支部书记的岗位，从此挑起了村里

的大梁。

1994年秋天，马光业当上村支书的半年后，做出了一个令人吃惊的决定：他要开山劈岭修路。

“要想富，先修路”这句话，没有人比马光业理解得更深。

马光业从小受尽了没有路的苦。读高中时，要走18里山路。他和同学们每人一个小担子挑着干粮忽忽悠悠转山下岭走到学校。那时候学生们都穷，直到上高二时，才有一个同学家有了自行车，吃的也全是粗粮。那时他想，如果村里每人每年能吃上80斤小麦，就很好了。

山里穷，过去唯一的特产是山草，城里有人用来铺炕用。村里就有人担着180斤干草翻山越岭到济南换取几个零花钱。随着经济的发展，大山里有了果树，特别是1993年，村支部、村委带领全村人大规模封山

育林，大规模种植果树。到了秋天，硕果累累，可是卖却成了问题，车进不来，再好的产品也没人来收购。挑出去卖，一是太费力，二是挺新鲜的水果挑进城就蔫了，卖不了好价钱。有时，遇上好年景，果子竟然白白烂掉！村民们感叹，什么时候能有条路就好了。

路，特别是打通北岭通往山外的路，越来越紧迫地提上马光业的议事日程。

修路致富，提上议事日程

从1991年起，村里已经把向南的路进行了拓宽取直，但却没有解决绕远的问题。翻过村后高高的北岭抄近路到济南，比走南路能近一多半，只要半小时就能到达济南。马光业一次次登上北岭考察，一次次规划心中的蓝图，终于，一条新路在他心中形成了。

经过请专家勘察设计，报请上级批准。1994年10月27日，经过上级部门批准同意，一阵鞭炮过后，修路正式开始了。

多年的夙愿就要付诸实施，马光业非常兴奋。但作为村支部书记，他考虑更多的不是通车后的方便，而是修路的具体困难。动员会的前一天，他一宿没睡着，在屋里来回转。资金从哪里来？人员如何调配？分几个组？谁当组长？炸山可不是小事，一旦出现伤亡事故怎么办？当年历城县在村东边修路开山，死了好几个人，意外不能不防。最后他横下一条心，万一出了伤亡事故，他准备好了披麻戴孝，给人家陪灵！

第二天，在村民大会上，马光业精神抖擞地说：“咱们不怨天不怨地，不靠天不靠地，老祖宗把咱们生在这里，要想改变生存状态，就要靠我们自己。咱们不奋斗不行。工程量很大，困难也很多。我表一个态：只要有一口气，就带领大家把路修好！”这是村民们盼了多少年的事了，所以一呼百应，那真是男女老少齐上阵，场面之热烈，情绪之踊跃，直到今天村民们回忆起来，还激动不已。各家拿出自己的工具，把孩子放在筐子里担着，上了工地。全村男女老少人人都出义务工。当时，上至80多岁的老人，下至十几岁的娃娃，都鼓起劲来上了山。当时什么想法也没有，就是打开山，出山就近了。年轻的打石头，年纪大的垒墙。买不起手套，发胶布，后来连胶布也发不起了，就各自回家找块布包一包，继续干。

开山最主要的是靠炸。放炮炸山很危险。有一次，开山放炮发生了一件很悬的事：山上哑巴峪有一条天然沙缝，炸开可以省很多工。村民们挖了18米深的沟，填进2000多公斤炸药。因为天要下雨，工作相当匆忙。填好药，傍晚6点点药，可直等到8点还没响。这可不是小事，2000多公斤啊！第二天赶紧给派出所打电话，派出所也不敢做主，一级一级往上汇报，一直汇报到市里。市里指示，赶紧挖出来，大伙冒着危险挖开，一不做二不休，又加装了1250公斤炸药。这次玩保险的，由工兵用发报器点火。人都远远地跑开。头一次放这样大的炮，马光业想把这难得的瞬间拍下来，留作纪念。于是，他站在自以为比较安全的地方，把傻瓜相机拴在手腕上，端好，冲着填药的方向，想按了就跑。

一声震天巨响，石头呼啸着就朝他飞过来了，西瓜大的石头，满天飞。他忘了按下快门，本能地看着天上，发现有石头落下来就躲一躲。

西瓜大的石头落到身边，深深地砸进地里，像炮弹坑！那可真危险！原来，由于四侧的山体石质较松，爆炸没有完全按预期的方向进行，石头都朝西飞去了。有一块石头碰到西山梁又返回来，把一个人的眼镜片都打掉了一个。马光业以自己的沉着和勇敢逃过了一劫。

无暇分心，耽误为儿治病

如果说，儿子的左耳在6个月手术最佳时期没有做，确实是因为家里太穷还情有可原，那么，8岁未做、直到18岁仍未做，就不单单是因为家里穷了。

关键是因为父亲在忙着修路，顾不上。

村里穷，镇上区上也不富裕，要点补助贷款的确很不容易，光买炸药都不够。路还是要修，怎么办？他这个当支书的就得尽其所能先垫上。家里那一点点儿钱，都被他抠出去填了炮眼儿，有时候，妻子要买点盐都找不到钱，哪儿还有闲心和闲钱给儿子做修补耳朵的手术？儿子一天天长大，一天天懂事儿，小伙伴们有时拿他的耳朵开玩笑，他感到难堪，受不了，跑回家对着妈妈哭。小学四五年级时，有一次有学生拉他耳朵，生性倔犟的马永振恼了，两个孩子打成一团。做妈妈的心疼儿子，晚上就对丈夫说这件事，可丈夫在山上累了一天，还没听完就发出了鼾声，气得妻子没辙。

马光业说："根本就没心思，没考虑这事儿。当时修路很紧张，村里百姓都很苦。天天早起上工，最大的事，就是晚上睡好觉。"

其实，岂止是耳朵、儿子的事儿，马光业除了修路，什么也顾不上

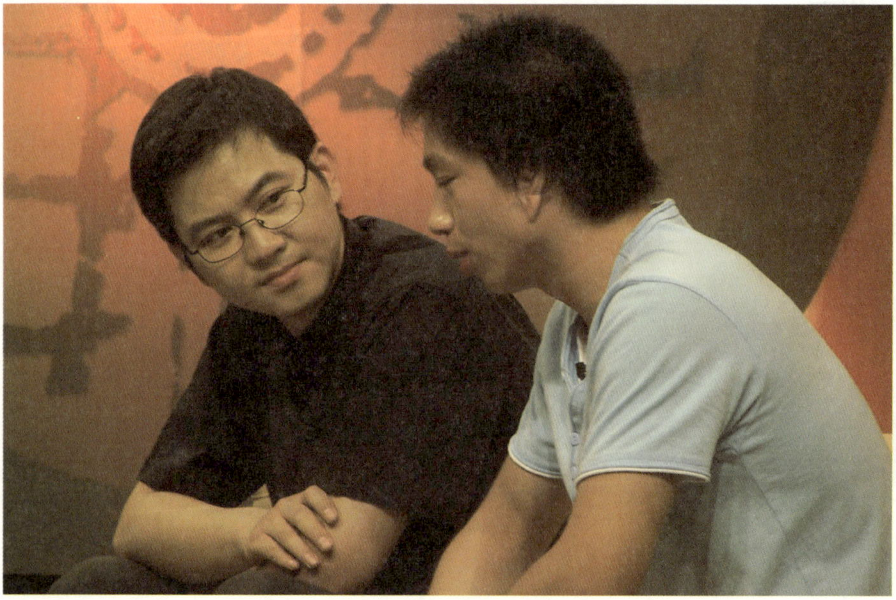

了。儿子最怕下雨。一下雨，其他同学家都有人接，可唯独他没人接。他推着自行车，山路是红黏土，黏脚黏车，不一会儿就推不动了，只好扛起车子回家。而其他的同学，很多都是父母亲同时来接，父母亲抬着车子接孩子是那时候村里常有的事。

相比之下，马永振就觉得非常委屈。想到父亲是支书，更觉得特别没有面子。这时候，他就觉得父亲很不合格。不仅仅是不管他，也不顾家，家里总不见他的人影，吃了饭就走。儿子在外面受了欺负，父亲也不管。再加上没时间与父亲沟通。父子关系一直不好，以至于发展到形同路人。

相比之下，还是妻子的评价较为客观。她说："作为丈夫和父亲，马光业有时合格，有时不合格。孩子中考时发烧，老马骑着摩托车跑了40里路，陪着儿子打完吊针，又把儿子送回考场，并且陪儿子考完试。"她强调说："要说合格，就唯一这一次。其他时候全不称职。其他时候，不论是家还是儿子，都由我来管。"

父子连心，妻儿忧心

其实，天底下哪有不疼爱自己儿子的父亲！

儿子写过一篇题为《我的烦恼》的作文，写的就是自己耳朵的缺陷带给自己的心理负担。作文写得很生动，语文老师作为范文给全班同学念了。马光业知道后，特意向儿子要过作文本看了一遍。看罢，老马久久不语，虽然努力地忍住了眼泪，但他心里很不是滋味。

同样，天底下也没有不爱自己父亲的儿子。

儿子上高中时写过另一篇作文，题目是《路》，文章历数没有路的痛苦，也写了父亲带领大家修路的艰辛。早在上初中时，有一次他回家，吃饭时无意中看到父亲的白发，非常震惊，回到学校，哭了一天。老师发现了，把他叫到办公室去问为什么哭。他说，父亲正值青壮年，却已经有了白发，他心中有说不出的恐惧和难过。所以，虽然在表面上儿子不叫爸爸，但心里却一直为爸爸的健康担心。

儿子已经明白了父亲，也理解了父亲，他说：“如果父亲不修路，可能到我这一辈子也修不了，村里富起来的日子也就不知道要等到猴年马月了。”

妻子对丈夫的不理解还不光在于儿子。她想，祖祖辈辈多少年了，都没修后山的路，日子不也照样过？为什么你来修？撇家舍业的，弄得孩子也顾不上、家也顾不上。地里的活丈夫几乎不干。因为村里穷，没钱招待，上面来了人，丈夫都是往家里安排，让妻子给客人做饭。家里也没什么好吃的，也就是贴饼子，熬豆腐汤。有一次家里实在是没钱，没办法，她只好到自家的菜地里摘了两条只有手指长的黄瓜，丈夫回家还嫌菜少。妻子不乐意了，你不给我钱，村里也不给我报销饭菜费，让我拿什么给客人做？丈夫“自知理亏”，赶紧下到厨房帮她炒菜烧水，才算是平息了一场“内战”。

后来妻子慢慢理解了，不但支持他，还得照顾他，因为丈夫劳累过度，患上了心脏病。

创业艰难，村民众志成城

当北岭的路修到关键的时候，实施了一次大爆破。

他们在山顶挖扩了一个山洞，挖到67米深，准备装上12万斤炸药，直接把山头掀开，结果专家来一看，洞打得太深了，爆破时可能伤及邻村，就又回填了十来米。炸药填满了，最激动人心的时刻来到了，一声惊天巨响，真是山崩地裂，可是，被炸起的山头没有如愿移开，而是跳了一下，又落回了原地，只是分裂成了大大小小的碎渣石。破裂的山石需要全部运走，工程量大得不可想象。马光业他们四处求援，胶东一个企业派了一辆铲车来帮忙，干了不到半年，一看遥遥无期，最后干脆把铲车送给村里，人走了。

村里人自己学会了开铲车，夜以继日地干。

这一干，就是10年。

整整10年，3650多个日夜，马光业带领村民们终于修通了翻越北岭的路。通车那天，村里比过年还热闹，到处是欢声笑语，到处是鞭炮声。

感动乡亲，张张贺卡寄真情

随着路的修通和儿子的长大成人，已经上大四的儿子与父亲的关系也彻底改善了。上大一的时候，父母亲终于给他做了左耳的修补再造手术。

手术是分两次做的。第一次手术时，马光业因为忙，早走了。第二次手术时，修路工程正好告一段落，马光业一直陪着儿子，一连与儿子聊了许多天。儿子说，几天的交流，比20年的交流还多。儿子彻底理解

了父亲的所作所为，一点儿都不怨恨父亲了。父亲不是不关心儿子，而是忙于工作。他说："第二次手术之后，在街上见了，心里有一种想叫爸的冲动。"现在父子俩经常聊，很快乐。

儿子说，他感到自豪。父亲为全村人做了一件大好事。全村人都会感激他。

妻子说，现在都理解了。村里的面貌总得有人来改变。为了全村的人。丈夫带领大伙给子子孙孙修了一条新路。

而马光业说，路通不是目的，让老百姓富才是最终目的。他又说，老百姓的官，不要拿着自己当官，就是为大家多操点心。

《天下父母》有一个特殊的程序是写寄情卡。栏目组为这次节目制作了一个特大号的寄情卡，来到录制现场的金刚纂村老百姓纷纷写下了自己的心里话：

你是咱们的主心骨。

你是咱们村里修路致富的带头人。

你是我们的新愚公。

你是我们的领头羊。

马书记心系金刚纂村人。

我们全村的村民从心里感谢你。

……

点评

他是金刚纂的儿子，他是大山的儿子。一条路修了10年，这头是发给乡亲父老的宏愿，那端是早生的白发、儿子的泪颜。10年一条路，一条通达世界的致富路，一条践行入党誓言的人生路。山路通了，通到了老百姓的心头；心路通了，通到了儿子缺失的耳际。在这条路上，乌光业走出了做儿子的业绩，走出了做父亲的荣光！

八

情系红丝带

张颖

艾滋病，一个令人闻之色变的名词，为人母亲的心却让她“明知山有虎，偏向虎山行”。她给艾滋孤儿洗澡、喂饭，她甚至是让自己的儿子与艾滋孤儿同吃同睡，是她用自己的行动给不理解的人们作出了最美的解释。

富姐

她是一名成功的商人，也是一位年轻的母亲。一次偶然的机会，使她成为300多个“艾滋病孤儿”的妈妈。

她叫张颖。

张颖1969年出生于安徽阜阳。大学毕业后又在北京外交学院学了三年外语。拥有文凭和知识的她并没有按一般人的思维去做学问或是做高级白领，而是回到老家阜阳开办了当地第一家运动服装品牌专卖店，年收入二三百万元。之后她又在阜阳经营酒店、咖啡馆等多种生意。西餐厅、快餐店、咖啡屋，每一家开张都是阜阳第一家，生意也都很红火。张颖成为当地有名的富姐。

震撼

2003年11月的一天，张颖受市长之托陪美国汉普郡大学的社会学家肯·约翰逊了解阜阳孤儿的情况。万万没有想到的是，她的生活重心从此发生了改变。

张颖记得，那天的天气特别阴冷，她一天内走了三个地方，从公办的福利院，私人的孤儿院，到艾滋孤儿家庭，每一处都让她触目惊心。

阜阳市福利院里，偌大的房间，空空荡荡，除了床什么都没有，屋内冰冷异常，一个个天生残疾的孩子冻得鼻涕和泪水一块流，小脸上脏兮兮的。

到颍上县孤儿院时正是中午，孩子们在吃饭。一大锅面条，一人一碗，孩子们排着队自己去盛，没有桌子，没有菜。孩子们说："一个冬天都吃不着一次肉。"

最令张颖心酸的是：傍晚时分，一个患艾滋病的小女孩出现在张颖面前。她头发乱乱的，满脸都是疮，耳朵流脓，一声不吭地站在那儿。问她话，她回答时声音极低，而且头几乎低得贴到地面。张颖根本听不清她说的是什么。

这个小女孩叫楠楠（化名）。2000年夏天，楠楠的爸爸死于艾滋病。半年之后，快过春节时，妈妈也因为艾滋病离开了这个世界。那时候楠楠只有9岁。过完春节，姐姐也不知道去哪儿了。只剩下楠楠和65岁的奶奶相依为命。世界仿佛在楠楠面前黯淡下来。苦难和自卑彻底击碎了她生活的希望。此刻的她已进入发病期，她也很清楚自己活不了多

久了。她唯一盼望的就是赶快离开这个世界，去与爸爸妈妈“团聚”。所以她不愿意与任何人交谈。

她已经12岁了？张颖吃惊地看着楠楠。发育不良的楠楠看上去顶多八九岁。

初为人母的张颖对楠楠产生了强烈的同情心。

张颖的人生是幸福的，她一直是在母亲的关怀下长大的，深知母爱对于一个成长中的孩子而言意味着什么。自幼，睡梦中醒来的她总是看到母亲还在灯下为她和弟弟妹妹们织毛衣。早上，当她起床后，母亲早已为她们做好了饭菜。她曾经想过母亲为什么这样无私地付出。可是当她也成为母亲后，她一下子就理解了母亲，理解了母爱。那是一种本能，甚至是一种需要。孩子离不开母亲，母亲也离不开孩子。将心比心，她竟然由艾滋孤儿想到了自己的儿子，“突然有一天父母都不在了，自己也得了这种病，别人不理他了，学校也不让他上学了。这个时

候孩子的感受是很可怕的。”一种恐惧使她不寒而栗。她不敢再想下去。

救助

张颖不清楚已经处于发病期的楠楠还能活多久。她只知道再不带她去北京看病，她肯定是没有救了。

当时马上就要过春节了，张颖带楠楠去了北京。

可是国内没有专门针对儿童的艾滋病抗病毒药。

张颖通过美国汉普逊大学的开·约翰逊，为楠楠申请到了一份儿童服用的抗病毒药。

楠楠成为第一个艾滋孤儿受助者。张颖三次带她进京看病，还从美国买来药，每两个月换一次，一次需要5万元，一年就需30万元。现在楠楠的病情有了很大的改观。情绪也好多了。她在写给张颖的信中说：“妈妈，我现在很快乐，感觉自己一定能治好。”

除了楠楠，张颖还牵挂着其他许多的“艾滋孤儿”。她在给楠楠治病的同时，还抽时间约了几个朋友，带上肉、副食品和衣服等生活学习用品，去看望孤儿院和福利院的孩子们。朋友们也被深深地震撼了。为了更长久、更有效地救助这些孩子，张颖和朋友们商量成立一个专门帮助艾滋孤儿的救助协会，在筹办过程中，张颖被推举为会长。

阜阳市艾滋病贫困儿童救助协会是安徽省首个、也是目前唯一一个救助艾滋孤儿的民间团体。2004年初成立至今，该协会已发展了8家会员单位，有近百名爱心人士成为会员。

协会刚成立时，由于经济状况不好，张颖便将协会办公室放在自己的咖啡屋内。节假日和星期天，咖啡屋还成了协会救助的艾滋孤儿们的活动室。现在每个月，张颖还要承担近万元的咖啡屋场地租赁费。

这只是她金钱付出的一个零头。从楠楠开始，到现在，张颖已资助了300多个艾滋孤儿，他们的生活、医疗、上学等费用全由张颖承担。

两难

其实，金钱仅仅是张颖所付出的一部分。有钱的人不少，为什么其他人没做这事儿？也许，爱心才是张颖最重要的付出。

爱心也是艾滋孤儿最需要的。

许多艾滋孤儿失去父母后，非常渴望别人的关怀。张颖说："在救助艾滋孤儿的过程中，最大的困难就是社会的歧视——由于对艾滋病的无知而恐惧，由恐惧而歧视。"这些孩子们最大的心理阴影也是由于社会歧视所强加的。所以张颖就特别注重用爱心去呵护这些孤儿。让他们感受到爱，感受到母爱。她尽量抽时间和孩子们在一起，有时工作太忙抽不开身，就打电话问候。她不仅能叫上每个孩子的名字，还熟悉他们的基本情况。2005年的8月，她还带着十几个孩子到北京爬长城，当孩子们在尽情快乐时，她却累得憔悴不堪。

张颖丈夫在北京发展。他们的小家也设在北京。一直在阜阳经营生意的张颖，频繁地奔波于北京与阜阳两地。自从投身于这项事业以后，她对生意方面的事管得越来越少，大部分时间都用于救助艾滋孤儿。为了专心做好协会的事，张颖将仅1岁半的儿子交给老母亲照料。作为母亲，她说她很愧疚，但是为了更多的艾滋孤儿，她又不得不如此。

她对丈夫也很愧疚。那次，张颖要带着一批孩子到北京检查。事先她打电话给丈夫，叫他帮助在北京联系好孩子们的住处。丈夫在电话中嘱咐她一定带儿子来。他已经很长时间没见儿子了，想得厉害。张颖随口答应着，心里却在想着为孩子们买火车票和其他一应事项。事有不巧，临行时妈妈突然病倒了。医生说病得不轻，最好送医院。张颖处于两难的境地。如果送妈妈去医院就误了火车，不送吧又怕万一妈妈出问题。妈妈看出女儿的为难，挣扎着说："你去吧，我没事儿，只要我能抬起头来，就能坚持。"说着，妈妈让医生给她挂上吊瓶，催促张颖快走。妈妈对于女儿救助艾滋孤儿的事情非常支持。张颖含着泪告别妈妈。

在家中，张颖巧妙地叫保姆把孩子抱到里间，然后急匆匆走出家门，然而她突然停住了，她发现自己只给孩子们带了衣服和路上吃的东西，忘了拎自己的行李包。再返回去拎时，保姆与孩子正在客厅玩。儿子已经懂事儿了，一见妈妈拎包就知道妈妈要走，就哭着要跟着走。时间紧急，已经容不得张颖耐心哄一哄儿子了，她匆匆亲一下儿子，把儿子塞到小保姆怀里，就跑下了楼，任儿子的哭声在楼道里回荡。

孩子们大都是第一次出门，上了火车，张颖得一个一个把他们安顿好，火车开出大半个小时，她才猛然想起自己的儿子。急忙打开手机询问情况。小保姆说，儿子见她走了，哭闹不止，她只好抱她出门“追赶妈妈”，此刻小保姆正抱着儿子坐着出租车在阜阳街上转呢。张颖心头涌起一阵酸楚。

更大的风暴在北京等着她。

下车、住宿、吃饭、到医院，孩子们都需要她一个一个地照料，直到第二天，她才想起给丈夫打个电话。电话里，丈夫气不打一处来。丈夫怪她到了北京不但见不着她的人，而且不给他打电话，怪她没带儿子来，还怪她又另找了宾馆却不及时告诉他，害得他托人为孩子们找的宾馆空置了一夜。

面对丈夫的指责，张颖真的无言以对。她也说不清楚艾滋孤儿为什么在她心中占了这么重要的地位，以至于她置母亲、儿子和丈夫于不顾。是自己缺乏爱吗？不！她爱母亲，牵挂着母亲的病情，每天打电话询问，并安排人照顾母亲；她爱自己的宝贝儿子，儿子的哭声至今还回荡在她心中，特别是她打回电话，儿子居然发脾气不接，还说“妈妈不要我了”，这话像刀子一样剜她的心；她爱丈夫！丈夫一表人才，聪明，对自己非常体贴，包括自己救助艾滋孤儿的事，许多人不理解，但丈夫给予了最大的理解，还帮助自己做了许多工作。丈夫想儿子没有错、想自己更没有错，那么，难道是自己错了吗？

扑在丈夫怀里，她委屈的泪水像断了线的珠子一样流下来。最后还是丈夫抚平了她受伤的心。丈夫说：“我知道，你是好心。我这也是想孩子、想你，急得嘛！”

“妈妈！”

张颖的生活被颠覆了。她人生的天平倒向了艾滋孤儿一边。大多数时间，她不是跑生意而是每天奔走在阜阳各个村庄的泥土路上，为孩子寻找合适的寄养家庭（孩子在一个家庭的环境中心理比较健康），去看望那些孩子，拜访那些寄养艾滋孤儿的家庭，不论这些家庭是孩子的亲戚还是非亲非故，都给他们送慰问金、奶粉、衣服、书本。走乡串村有时并不能得到村民的理解和感激，有些村民甚至认为她是政府派来的，缠住她无休止地向她要钱，弄得她哭笑不得。

张颖与小俊的故事是从一个电话开始的。有一天，张颖突然接到一个电话，说："我们这儿又有一个艾滋病儿童，我把你的电话给他大伯了，他大伯可能待会儿会给你打电话。"这个电话刚刚撂下，他大伯就打来电话了："你是张会长吗？我们这里有个小孩有艾滋病，现在很厉害。"张颖问："你们在哪儿？"回答说是在医院门口呢。张颖说："那你在那等我吧，我立刻就过去。"张颖以最快的速度来到医院门口，看到了那个叫小俊的孩子。他已经发病了，一脸一身都是泡，全身布满了小血点，很脏。张颖什么话也没说，先去交钱，为孩子办理了住

院手续。交完钱之后，小俊的大伯、一位30多岁的汉子，当着那么多人的面就给张颖跪下了。当时小俊5岁，父母是在三年前去世的，之后爷爷忍受不了重压，也去世了，小俊与奶奶相依为命。在人们歧视的目光中，小俊变得孤僻而自卑，不对任何人说话。因为他不信任任何人。

小俊在医院住了半个月，出院的时候，又白又胖，身上的小疱疹都下去了，但还是不说话。半年后，张颖又接到了小俊大伯的电话："张会长，我妈去世了。你把小俊接走吧。我们家没办法带他。"张颖自己的儿子还要让妈妈带呢，她只好为小俊找了户人家。这老两口心特别好，对小俊非常热心，不但照顾他吃饭睡觉，还给他洗澡。

这年的春节之后，张颖突然接到小俊的电话。小俊在电话里说："妈妈，给我买酸奶、给我买糖。"张颖愣了一下，眼泪立刻就下来了。这是小俊第一次叫她妈妈！此前，张颖经常去看望小俊，小俊渐渐

对她不戒备了，但从来不叫她妈妈。那老两口怎么哄也不行。急得这两位老人说："这孩子！背地里我们问他谁给你买衣服、谁给你治病，他都说是妈妈，可懂事儿呢。怎么见了你就不叫呢？"现在，在电话里，小俊终于开口叫她妈妈了，她比听到亲生儿子第一次叫"妈妈"时还激动。两年了，从来不开口与人说话的小俊叫出了"妈妈"两个字，并且向妈妈要酸奶、要糖，尽管是在电话里。这是儿子对母亲提的要求，说明小俊从心眼里认定张颖就是他的妈妈。

毕竟孩子太多，张颖跑不过来，于是，每个周末，张颖都把他们组织在一起，唱歌、做游戏、学英语，让他们感受到人们的关爱，感受到相互之间交流的快乐，努力帮助他们走出艾滋病的阴影。 为了周末的聚会，张颖出差都尽量安排在星期天，如果出差在外，不论多么忙，她都要在周五晚上回到阜阳。在孩子的眼中，周末最快乐的事情莫过于能见到"妈妈"，如果张颖不来，他们会感到很失望。而张颖也惦记着每一个孩子。周末的聚会是她与孩子交流的最佳时机，是她和孩子们的节日。

在周末聚会的三百多个孩子中，有一个是张颖的亲生儿子，他跑着跳着，与哥哥姐姐们一起唱歌一起做游戏，一起喊张颖为"妈妈"。

附录：

一、艾滋孤儿是指父母的一方或者双方因感染艾滋病而身亡但自身并没有感染艾滋病毒的儿童。张颖救助的艾滋孤儿有极个别的（如楠楠）本身也感染了艾滋病。

二、世界第四届性病艾滋病宣传教育研讨会称，艾滋病孤儿问题很快就要出现在中国，专家估计在流行最高峰情况下可能会产生26万艾滋病孤儿。截至2004年9月，安徽省累计报告艾滋病病毒感染者2557例，发病人数1314人，死亡430例。其中，80%以上的青壮年患者都是在20世纪80年代末90年代初的“卖血热”中感染病毒的，而他们的孩子也大多在这之后出生，这使得15岁以下的儿童感染概率很高。在调查中，记者发现，艾滋病家庭中相当一部分孩子本身都患有艾滋病。

点评

一次偶然的经历，让她走进那个被爱遗弃的角落。一次伸手援助，让她的一生永远和红丝带相连。没有惊天动地的誓言，却将爱心毅然决然地托付。300多个孩子，300多双求助的小手，300多双绝望的眼睛，因为有了张颖妈妈来到身边，他们的心一下子走出了地狱，这个世界一下子成了美好的人间。

什么是富姐？张颖的答案是：创造了物质的财富，还拥有高贵的心灵；可以舍弃小家的温馨浪漫，却勇于社会责任的承担；人在高处，心却与最底层的人相拥相守！

九

她用母爱把“魔鬼”变成“天使”

丁朝霞

人生能有几个25年？她用25年的时间，把一个“魔鬼”变成了“天使”。汉族母亲丁朝霞倾其一生收养、救治一个维吾尔族弃婴，用她的心血，写成一个大大的“爱”字……

人生能有几个25年？她用25年的时间，把一个“魔鬼”变成了“天使”。汉族母亲丁朝霞倾其一生收养救治一个维吾尔族弃婴，用她的心血，写成一个大大的“爱”字……

婆婆颠着小脚急匆匆跑来告诉她，有个弃婴奄奄一息

现年53岁的丁朝霞是乌鲁木齐市一家事业单位的干部。当年的她，上进心特别强。结婚之后，她与丈夫商量着先不要孩子。没想到事情一环扣一环，这一拖就是将近十年。眼看着丁朝霞已经错过了怀孕的最佳年龄，婆婆看在眼里，急在心里，但毕竟不是自己的肚子，有些话也不好说得太急。

1982年8月28日，婆婆颠着小脚急匆匆跑来，拽着丁朝霞就往门外

跑，一边跑一边说："有个被遗弃的孩子，快不行了……"

昏暗的小木屋，冰冷的木板床，一个满眼糊着眼屎的维吾尔族男婴有气无力地啼哭着，他的哭声是那样的虚弱，仿佛下一秒呼吸就会消失。婆婆心疼地说："唉，太可怜了，太可怜了。"丁朝霞俯下身，轻声对男婴说："小家伙，你在哭什么？"说来也怪，就在那一刻，男婴不哭了，竭尽全力地睁开双眼望着丁朝霞，嘴里还发出了咿呀的声音。这是一个维吾尔族的男婴，高高的鼻梁，大大的眼睛，眼神里满含着期待与渴求。一个热浪打上心头，丁朝霞抱起男婴离开了阴暗的小木屋。她暗暗对怀中不足三斤重的男婴说："从这一刻起，你就是我的儿子！"

婆婆舒心地笑了。她从小就是孤儿，最知道没有父母的痛苦，最见不得的就是孩子找不到父母。她坚决支持儿媳收养这个男婴。

但是，丈夫和公公却反对收养这个男婴。反对归反对，毕竟他们无法漠视一个生命的存在。慢慢地，先是丈夫，后是公公，都接受了这个现实。他们给这个男婴取名叫刘道培。小名培培。

在妈妈（丁朝霞）的照料下、在奶奶的呵护下，刘道培一天天长大了。而随着他的长大，他带给丁朝霞的，却是一个又一个的意外。

医生说，这孩子有暴力倾向，长大会危害社会

1985年的一个夏日，丁朝霞从外面回家，推开门，眼前的一幕令她惊呆了：3岁的儿子刘道培浑身血渍，提着血淋淋的菜刀站在厨房门

口，地下，是三只已经被杀死的鸡……

丁朝霞毛骨悚然，培培才3岁多一点呀！

残酷的现实令她无法不去多想。她想到，培培从小便表现异常。1岁多时，家里养了一条小狗，培培似乎很喜欢它，经常与小狗嬉戏。忽然有一天，丁朝霞下班回家发现小狗被淹死在水桶里。

培培还用被子捂死过狗，从阳台上摔死过猫。面对这些，丁朝霞与婆婆都曾认为这只是男孩子顽皮所致，并没有太过在意。可是眼下，他竟然连杀了三只鸡，这不得不令丁朝霞心惊胆战。

孩子会不会有什么毛病？

带着这个疑问，她领着孩子到医院检查。结果比她想象得还要糟！医生告诉她："这孩子有暴力倾向。这是一种病态，就如同先天聋哑一样，目前还没有方法治疗。"医生还特别嘱咐她："要尽量少让这孩子与社会接触，因为随着他能力的增长，他会危害社会。"

正在丁朝霞痛苦万分的时候，培培又突然发起了高烧，心急如焚的丁朝霞背起培培就往医院跑……

诊断出来了，高烧已经严重损伤了培培的脑神经,并伴有肺炎等并发症,现在生命垂危。医生让丁朝霞在病危通知书上签名。

丁朝霞一屁股跌坐在地。她无法想象前几天还活蹦乱跳的儿子马上就要死掉了。她眼前一黑昏了过去。醒来后，她跪倒在地，请求医生一定要挽救她的儿子。

在抢救了16个小时后，培培终于脱离了危险，接下来的几天，不停地输液、打针、吃药，丁朝霞一直抱着昏睡的儿子，不停地祈求上天保佑她的儿子。

出院后，培培变得异常安静，反应也迟钝了许多。这天，一位客人跟培培说话，培培竟不理人家，像根本没听见的样子。接下来，意想不到的事情发生了，培培竟然打了那个他应当叫爷爷的客人一巴掌！丁朝霞震怒了，她大声地斥责培培，培培却一脸疑惑地看着她，无动于衷地站在那里。丁朝霞靠近儿子大声呵斥，培培便开始发疯似的撕扯自己的衣服，到处乱踹，丁朝霞惊呆了……

儿子为什么会这样？难道，儿子的听力出了问题？她急忙抱起儿子奔向镇医院。

检查结果出来了：由于药物使用过量，培培左耳完全失聪，右耳重度失聪，并且属于智力低能儿。

丁朝霞颤抖地拿过检查单，大脑一片空白，仿佛顷刻间坠入了地狱，望着窗外银色的世界，她却深陷在痛苦的黑色深渊。突然，儿子的哭声唤回她的思绪，让她恍然明白：既然上苍把儿子赐给她，那她就是儿子的依靠，不论遇到什么事，她都不能退缩！

于是丁朝霞买了很多关于弱智儿童教育的书，为了让儿子能健康地成长，她费劲心思，庆幸儿子没有完全耳聋，用心良苦的教儿子学说话。也许别人家的孩子在这个时候会去学画画、学跳舞，但丁朝霞每天都要花十几个小时的时间教培培练习说话，连嗓子都喊哑了！皇天不负有心人，培培从能简短地说几个词慢慢的可以说成句的话了，丁朝霞高兴极了。

然而，丁朝霞的噩梦还远没有结束。

这天，丁朝霞下班回家，突然发现培培躺在地上抽搐、口吐白沫。赶紧送到医院抢救！原来，培培患上了癫痫！

这又是一种目前尚无法根治的顽疾!

丁朝霞似当头挨了一棒，欲哭无泪。上苍啊，你为什么要这样一而再、再而三地折磨我们母子?

面对培培同时患有残暴倾向、嗜血、耳聋、智障、癫痫等多种严重疾病的事实，本来就反对收养这个孩子的公公态度更坚决了，已经有所缓和的丈夫也转为反对，就连当初积极支持丁朝霞抱养培培的婆婆，也犹豫了。他们组成了联合战线，坚决要丁朝霞把孩子送出去。

其实，早在抱回来的最初几天，由于丈夫和公公坚决反对，丁朝霞也曾竭力寻找过这孩子的生身父母，无奈茫茫人海，她费尽周折，也找不到任何线索，事情就一天天拖下来，她与孩子的感情也越来越深。如今，已经三四年过去了，叫她到哪儿去寻找孩子的生身父母?而如果放弃，孩子的前途只有一条：那就是夭折。

丁朝霞无法将一个生命放弃。更何况这个生命已经与她朝夕相处了三年多，已经融入了她的生命。

她力排众议，倾尽全力地保护她的培培。

而培培全然不知道围绕着他发生的这一切，依然我行我素。他已经无法控制自己的行为，见人打人，见动物攻击动物，以至于附近的狗和猫见了他都浑身颤抖，唯恐避之不及。更不用说是孩子了。

有一次丁朝霞下班早了点，见邻居们都领着孩子在街口唠嗑，见了她，也亲切地打招呼。突然有人喊：“刘道培来了……”众人纷纷带着孩子跑回各自的家，紧紧关上门，只有丁朝霞孤零零地站在街头，扭头一看，果然是儿子培培来了，手里挥着树枝，正追着打一条狗。

丁朝霞惊呆了，培培则以无辜的眼神望着她。是呀，他不知道自己有病。他不明白别人为什么见了他就跑开。他认为打人、打狗都是很正常的行为。对于一个有病的孩子，你能责怪他什么呢？

漫漫征途坎坷路，寻医问药到天涯

丁朝霞的眼睛湿润了，默默地带着培培回家。为了不使培培伤害到其他小朋友，她暂时不让培培与别的孩子接触，但为了不闭塞培培的视野，丁朝霞便经常带儿子去野外郊游。她发现，在野外，培培情绪比较稳定。这使她看到了希望。

但培培的癫痫病还是不时地犯，犯了非常吓人。孩子的痛苦可想而知。为此，她决定克服一切困难，给孩子治病。

她支起一双耳朵，到处打听哪儿能根治癫痫病。为此，她先后带着培培去了天津、上海。但效果都不明显。忽听有人说四川绵阳有人专治此病，她就带上培培动身去绵阳。

从乌鲁木齐到绵阳，山高水长，路途遥远。母子俩到了绵阳，又坐了几个小时的农用车，翻山越岭后，司机指了指远处一个小村庄，她们要找的医院就在那里。徒步在崎岖的山路上，丁朝霞步履蹒跚，儿子第一次见到冬日的青山绿壤，显得格外的兴奋。绕过一个山头，眼前出现了几家住户，此时的丁朝霞全没有了先前的信心，眼前几间破烂的土房子难道就是医院吗？

夜幕降临时，她走进了昏暗的小屋。煤油灯微弱的光亮使丁朝霞只能看清灯周围的家具摆设，两张相差一米远的木板床，挂在梁上用来隔挡用的白布格外刺眼，一个女人正在给床上奄奄一息的男人喂水。

貌似护士的农妇送来两床味道很重的褥子，丁朝霞咬紧牙关，她把希望寄托在这里，不能退缩，泪水在眼眶里打转。隔壁的女人忽然间放声大哭，丁朝霞瞥见床上的男人张着嘴巴，瘦骨嶙峋的五官在昏暗的灯光上格外的清晰，一双眼睛无助地望着房梁，丁朝霞不寒而栗，打了好几个冷战。

绵阳漆黑的夜晚伸手不见五指，丁朝霞的脑海中时刻闪现隔壁男人死亡时的脸，她哭了。这是她从抱养培培回来后第一次默默流泪，她捂着嘴巴哽咽，周围的空气似乎都向她攻击开来，她感到恐惧，埋头在被子里，臭烘烘的味道让她呼吸困难，湿热的潮气让她出了一身冷汗。终于熬到凌晨四点多，屋外微弱的光使屋内的摆设轮廓清晰，丁朝霞注视着儿子模糊的小脸，微微张开的小嘴呼出温暖的气息，她的心中像被暖

流洗刷过似的异常温暖。

从四川回到乌鲁木齐后，培培还是继续发病，丁朝霞是病急乱投医，又辗转去了厦门、青岛等地，虽然期间遭遇过诈骗，但并不能阻止丁朝霞为培培寻医问药。

虽然，一次次的求医问药效果不明显，但丁朝霞却从培培的表现上看到了希望。在路上，培培比在家中要懂事得多，特别是在有困难的时候，他甚至知道照顾和安慰妈妈。当丁朝霞病倒在外地，培培主动为她端来一碗水时，她激动得哭了，所有的劳累、病痛、委屈一扫而光。

辗转五六年过去了，为了给培培治病，丁朝霞花光了所有的积蓄。终于，在一次例行复诊时，医生说培培已经没有癫痫病的迹象了，听到这盼望已久的消息，丁朝霞喜极而泣，激动得睡不着觉，她的辛苦没有白费，她的儿子终于可以健健康康地生活了。

为了妈妈，我要拿冠军

为了让培培的身体尽快健壮起来，丁朝霞想尽一切办法陪儿子锻炼身体，在试验了多种方式后，她发现打乒乓球对于培培的恢复特别有效，培培也喜欢打乒乓球，于是她开始含辛茹苦地教导孩子学习打乒乓球。但是，即使是正常的孩子，一旦把打乒乓球作为事业，整天整天的训练，也会厌烦，更何况是培培。这天，正训练着，乒乓球突然不见了，怎么也找不着，训练被迫中止。这时，丁朝霞发现培培的嘴鼓鼓的，一直不说话，原来，培培把乒乓球含在了嘴里……

1998年，厄运再次降临，丁朝霞的丈夫因肝癌不幸去世。沉重的打击使丁朝霞一病不起。

培培初到这个家时，丈夫是持反对意见的，后来，也许是被丁朝霞的真心所感动，也许是被培培的行为所感化，他渐渐喜欢抱抱、亲亲培培。培培也总是缠着他“爸爸、爸爸”的叫个不停。在她带培培治病时，丈夫就像顶梁柱一样支撑着这个家，是他给丁朝霞力量，让她走到今天。但现在好好的一个人忽然间没了，丁朝霞心里空落落的，望着屋内弥漫着的丈夫生前的点点滴滴，每当想起丈夫的一言一语，眼泪就止不住的流下来。

丁朝霞一日日憔悴下去，有一天，儿子端来一碗稀饭，丁朝霞连睁开眼睛的半丝力气都没有，忽然听到儿子用并不清晰的话说：“妈妈，你吃点吧，这个是培培做的稀饭，妈妈吃下吧……培培已经没了爸爸，要是妈妈也没了，培培怎么办？”丁朝霞使劲力气睁开盈满泪水的眼睛，看着儿子在泪水中模糊的身影。是呀，儿子长大了，懂事了。为了

儿子，她要活下来！

和着泪水，她艰难地咽下儿子为她做的稀饭。

转眼间，培培20岁了，已经成了一个大小伙子。

而丁朝霞的父亲，也走到了人生的终点。

病房里，丁朝霞寸步不离地守候在爸爸的病床前。她发现爸爸老了，生活的沧桑使得老人脸上布满了岁月的刻痕，花白的头发肆意凌乱，树皮似的手上被硬生生扎进冰冷的针头，崩出条条青筋。

在为父亲擦洗身子时，父亲用手捂住了下身。老人用自己的双手，维护着自己最后的尊严。"妈妈，我来吧！"是培培！只见他一丝不苟地为爷爷擦洗、翻身，伺候得十分到位，令同室的病友和医生都十分惊讶。大家都说："这孩子孝顺，这么尽心尽力地伺候姥爷！"

看到丁朝霞累了，培培还过来给她捶背："妈妈，你有心脏病，姥爷我来照顾……"

培培无微不至地照顾姥爷，端屎端尿，替姥爷擦身。临终前，老人拉着丁朝霞的手说："女儿，关于培培……爸爸错怪你了！"

这是从收养培培以来，姥爷第一次对他的肯定。丁朝霞激动地跪在爸爸的病床前，她为培培感到自豪，觉得自己所有的承受、所有的付出、所有的辛酸苦辣都值了！

姥爷辞世之后，培培又尽心尽力地帮妈妈照顾姥姥、爷爷和奶奶，让丁朝霞感到莫大的欣慰。

付出总有回报，尽管这付出与回报有时太不成比例。终于，丁朝霞发现儿子打球渐渐进入状态，同时，培培性格上也起了微妙的变化，丁朝霞发现儿子逐渐开朗起来，她最喜欢看儿子在球场上盯球时专注的眼神。

2007年，刘道培入选国家乒乓球特奥队队员，并在2007年上海国际特奥会上获得第四名的优异成绩！

丁朝霞说，培培正在为2009年美国国际特奥会与2011年日本国际特奥会积极做准备，当记者问他的目标时，他伸出食指：“为了妈妈，我要拿冠军！”他的话，有些含混，但他的语气，非常坚定。

点评

母爱的臂弯是天堂，魔鬼在这里也会变成天使；岁月的磨砺是炼狱，所有的苦难都会变成幸福。相信命运，一次偶遇成就一生的母子情缘；感谢命运，生活里的所有付出与坚忍，都将化成回望时欣慰的笑容。

丁朝霞，选择了就没有放弃，经受住了那一串串苦难的考验。她在用人生演示：母爱比朝霞更能光照人类的灵魂，诚信比朝霞更能让世界看到希望！

十

与子女签订《不继承财产协议》

冉敬芳

初看起来，这是一位“不近人情”的母亲：坐拥千万身家，却逼子女签订《不继承财产协议》；寒冬腊月里，她让子女们上街擦皮鞋赚零花钱。但在这种“故意折磨”的背后，却是她对孩子深沉的爱。正是这位“绝情”的母亲，用自己血的教训向我们提出一个问题：“父母究竟该给孩子留下些什么？”

改革开放以来，有许多人通过勤奋劳动或合法经营率先致富。这是好事。但家境富裕之后如何教育孩子，又成为这些家庭的新课题。无须讳言，社会上已经出现了一些所谓的新贵人家的纨绔子弟，他们花天酒地，不思进取，甚至发生飙车伤人等违法犯罪行为。读下面这位千万富婆与儿女签订财产协议的故事，也许对这些孩子及其父母不无益处。

风波骤起

如果你有数以千万计的家产，你将会如何处置？

财产数千万的四川富婆冉敬芳决定与儿女们签订这样一份《家庭财产继承协议》：

1.五个子女中，如果谁愿意读书以及深造，父母必须全力支持。

2.五个子女中，如果谁自动放弃读书，就必须投入社会就业，未满16周岁的必须在家参加劳动，家长不做任何经济上的援助。

3.子女就业，家长可以给予一些建议、指导等，但不给予任何经济上的支持。

4.子女将来耍朋友（按：即谈恋爱）时，必须先出示此《家庭协议》给对方看，表明自己没有权利继承父母的财产。父母对子女的婚姻，只有建议权，没有决定权。

5.父母的财产以及遗产只能由父母支配，任何子女没有权利过问以及干涉。

协议一出，立即在家内外引起一场风波，她也成了新闻人物。因为这实际上是一份不许儿女们继承家庭财产的协议。巨额资产和家族企业将来不留给儿女，又留给谁呢？孩子们说："继承家庭财产是法律规定的权利，凭什么不让我们继承？不给我们给谁？"社会上的人说："咱们辛辛苦苦一辈子，不就是为了儿女们吗，千万家产不给儿女，这富婆真是疯了……"

10岁的冉敬芳靠一条腿，顽强地支撑着一个家

1966年，冉敬芳出生在重庆合川县一个极其贫穷、闭塞的山区家庭。从她记事起，就跟着父母讨饭为生。1976年，10岁的她在资阳要饭时，随父亲爬火车，父亲爬上去了，她爬时，正巧火车摘钩，咣当一声，两节车厢分开了。父亲的一节向后，她扒住的一节向前，而她还没

爬上去，车一开，她差点掉下来，左脚拖到了车轨上，就这样一直拖出数千米，把大半条腿和脚拖得烂糊糊的。幸亏一些好心人的救助，她才保住一条命，却从此失去了一条腿，成了残疾人。尽管只有10岁，又断了一条腿，可生性要强的冉敬芳还是把家庭重担承担了起来。家里的地，她要自己种。种玉米的时候，她一条腿无法挑粪，就与别人换工，请别人帮她挑粪，这样才把玉米种到地里去。一只脚插秧更加艰难。冬天更痛苦：幸存的一只脚赤着，一天到晚跳来跳去，冻得通红；而那只半截的腿，冻得长了冻疮，整天流黄水。每个冬天都是这样，整整度过了八年。除了种地，她还给人家织毛衣、打草鞋，维持着整个家庭。

18岁去安假肢，逼出一条致富路

1984年8月9日，是冉敬芳18岁的生日。那天，冉敬芳背着几十斤粗杂粮，带着借来的100元钱，到重庆假肢厂安装假肢。交了90元钱以后，厂方让她等15天取货。除去到重庆的5元钱车费，借来的100元钱只剩5元钱。

5元钱，如何能生存半个月？万般无奈之下，她照葫芦画瓢，就近跟着人家学做生意，第一天，卖了6只卤鸡，竟赚了8块钱。当时的8块钱可不是小数目，冉敬芳太高兴了。第二天又去进了8只鸡，赚了12块钱。到半个月假肢做出来时，她已经赚了100多块钱了，把借的钱全赚回来了。从此，冉敬芳走上了做生意的路。刚开始做生意，她要求不高：这辈子能存1000块钱就心满意足了。结果只用了一个多月，就实现了这个目标。

结婚后，冉敬芳开始在重庆做卤菜生意，随后批发牛肉、牛皮。生意兴隆了，婚姻却出现了问题。冉敬芳与丈夫离婚，三个孩子归她扶养。

2000年，离婚后的冉敬芳与蒋长春组建了一个新的家庭，自己的三个孩子，加上丈夫的两个孩子，组成了现在这个七口之家的大家庭。2003年春节期间，冉敬芳萌生了向子女们提出了不许他们继承家产的协议，5月召开家庭会议，出台了协议文本。

孩子们无法接受，大女儿最委屈

对于这份不让孩子继承家产的协议，反应最强烈的是冉敬芳的三个亲生孩子——张敏、张兰英和张远洋。

大女儿张敏最委屈："母亲难道忘了我四五岁就为她分担家务；做生意时我跟着她受苦；也忘了她做批发牛皮生意失败后，我的懂事和体贴？"

那是1995年，重庆连下了几天暴雨，把冉敬芳存放牛皮的仓库淹了，牛皮浸水后腐烂卖不出去，那次赔得家里连饭都吃不上，张敏就把自己的零花钱拿出来买菜。当时冉敬芳接过钱愧疚地对她说："我一定要让你们姐弟像其他有钱人家的孩子一样，过上衣食无忧的生活。"

之后，凭着坚强的毅力和良好的信誉，冉敬芳重新杀回批发牛皮的行业，并在广安兴建了肉牛养殖场。张敏的弟弟妹妹随母亲到广安读书，留下她一人在重庆渡过了一个最冷的冬天：孤孤单单地自己照顾自己，每天得坐半小时的车到学校上学，晚上9点钟才回到冰冷的家里。

直到读高三时，母亲才把张敏接到广安。谁知只过了短短一年，母亲就把这份财产不继承协议摆在了她面前，还说她是“最喜欢跟妈妈受苦的张敏”，叫张敏帮她做弟妹的工作呢。

而小儿子张远洋从小自恃家庭条件优越，又是唯一的亲生儿子，从没把学习放在心上：反正妈妈有钱，可以花高价读好学校、上大学，干想干的工作。没想到母亲的这个财产不继承协议，击碎了他的理想，他甚至想到了自杀。

协议的出台还引起了儿女们的相互埋怨和猜忌。张敏三姐弟百思不得其解地猜测：“这是针对继父带来的那两个孩子。”他们即把矛头指向蒋军、蒋丽两兄妹：“你们家原来很穷，现在却到我们家来享受，在学校显示家里有钱，现在连累我们……”把蒋丽说得哇哇大哭。蒋军和蒋丽两人也认为，冉敬芳的这份协议是专门针对他们的。继母的财产不继承协议，导致来自两家的异姓孩子闹矛盾。为表明自己对继母的财产无非分之想，犟脾气的蒋军决定初中毕业后去参军。

母亲剖心，女儿流泪

子女对财产不继承协议的抵触情绪，冉敬芳早有察觉，她分头找他们谈话，了解孩子们的真实想法：同意就签字；不同意就不签。他们都不吭声。

尽管在母亲的劝说下，五姐弟的关系表面趋于缓和，但他们仍拒绝签字。直到有一天，张敏“无意间”发现了母亲的一个秘密，才使5个孩子对母亲的这份财产不继承协议有了新的认识。

张敏在母亲房里看到一张《四川法制报》，当时就哭了：报上登着母亲那段不曾向他们透露过的往事。成了残疾人的冉敬芳，小学没读完就辍学了，她躲在家里哭了一阵后，开始重新面对现实。她偷偷练习走路，逼迫自己用一只脚跳着插秧、打谷子。正常人能做到的，她都要求自己尽力做到。生意上她也不是一帆风顺，而是三次失败三次东山再起，摸爬滚打了20年后，才拥有了上千万资产。

没想到母亲残疾右腿的背后竟然有一段艰苦创业的故事，张敏想和母亲好好聊聊。这是她在母亲提出签订财产不继承协议后，第一次主动和母亲坐在一起。冉敬芳趁此机会说出了自己的经历，还把残腿解开给女儿看。冉敬芳创业初期劳碌奔波，装着假肢的腿常被摩擦得血肉模

糊，她用胶布、止血膏贴上继续奔忙，从不言退……

张敏终于明白了母亲跟他们五姐弟签订财产不继承协议的真正用意。得知母亲的故事后，弟妹们也都觉得妈妈了不起：母亲的脚不方便都能做出这么大的成绩，我们健康人应该比她做得更好。

同时，冉敬芳也对孩子“各个击破”，她对小儿子张远洋说：如果摸不到门路，即使当了总经理，也做不好。2003年7月13日，经过近两个多月的磨合后，在张敏的带动下，其他四人终于同意在协议书上签字。

千万富婆的孩子们春节上街擦皮鞋

协议的签订绝不是一纸空文，而是立马见诸行动：大女儿上高中时每月生活费是150元，而在北京读大学每月的生活费却只有300元；同样，还要读高中的妹妹的生活费也从每月的五六百元下降到300元。弟弟不读书了，在家呆了一个月，一分钱的零花钱也没得到。这还不算。2004年春节前夕，冉敬芳对五个子女说：“现在你们已经签了协议，春节就不发压岁钱了，你们自己去挣吧。”冉敬芳要孩子们自己想办法赚钱，“只要是在法律范围之内，都是可以的”。

五个孩子聚在一起，一起考虑了许多种挣钱的办法。后来，他们决定上街擦皮鞋。五个孩子向冉敬芳贷了200元钱，购买了擦皮鞋的工具，在冉敬芳开的川王奇中餐厅外面摆起了擦鞋摊。大年初一，他们清早5点就出门，直到傍晚6点多钟才回家，手冻肿了，腰累得直不起来了，手都是乌黑乌黑的，这样辛辛苦苦地干了两天，挣了600元钱，除掉还妈妈的200元贷款，每个人只分到了23块5毛钱。挣钱太辛苦了，这是她们10多年成长中从未体验过的。

这次体验虽然只有短短两天，却使张兰英和蒋丽姐妹的生活态度发生了很大变化。张兰英说："挣钱不容易，用钱晓得节约了。我们原来出门就是坐出租车，觉得花不了多少钱。现在不了。我们现在能走路就走路，尽量不坐出租车。"蒋丽说："靠体力和手艺挣钱不容易，还是要努力学习考大学，毕业后也许好一点。"

就是要让孩子体验老板与打工仔的差异有多大

暑假，冉敬芳又让孩子们在公司的餐厅里打工。中午吃饭的时候，孩子们跟员工们一样，去吃白米饭和咸菜，而冉敬芳在另一个餐桌上，吃的是鲫鱼、海鲜什么的。有餐厅的服务员说："冉总，让他们到这边来吃吧？"冉敬芳说："不，他们在打工，就应该与员工一起吃工作餐。"孩子们本来看到妈妈在附近的一个桌上吃好的心里就不是滋味，听到妈妈这样说，心里特别难受，眼泪一下子就流下来，像断了线的珠子流到了饭里。

孩子们的眼泪，冉敬芳并非没有看见，更不是没有动心，可她却不改初衷。她说："我就是要让孩子体验打工的感觉，体验老板与打工仔的差异有多么大！"

合约签订后，五个子女在学习和工作上发生了翻天覆地的变化。五姐弟间也彻底消除了长久以来的猜疑和误解，关系变得越来越融洽。生活节俭，学习勤奋，工作努力。同时，他们对未来也有了新的打算：2004年，张敏考取了北京经贸学院，开始新的学校生活。她早起晚睡，刻苦学习，吃饭总是打最便宜的菜。“签了协议就没有退路了。”她说。她的新目标是努力争取公费留学；蒋军想当完兵后再考大学，并且争取考到他喜欢的上海去，他也想有一番像妈妈这样的大事业。张远洋不愿意读书，现在在一个亲戚的厂里打工，从事的是他所喜欢的电脑维修与软件开发，他说等他有了本事，将首先为妈妈的企业开发几个适用的专用软件。由于是试用期，目前他没有工资，而且就住在亲戚家的厕所里。对此，他也没有怨言。他说：“没签协议前很空虚，签了之后不再胡思乱想了，只是专心工作，一步一步发展。”

去年暑假，孩子们还主动承包了一段路的土方回填。正是最热的那几天，他们挥汗如雨，手上起了血泡，皮肤也晒黑了。由于必须在两天内完成，他们累得很。但最终挣了300元钱。

溺爱是害，
两代人的惨痛教训是冉敬芳心头永远的痛

面对山东电视台《天下父母》的拍摄镜头，冉敬芳第一次说出了深藏在心底隐情：溺爱就是害孩子。她之所以不让孩子们继承遗产，恰恰是为了让孩子们有一个美好的将来。

她含着泪，诉说了他们家两代人的惨痛教训。冉敬芳的爷爷和奶奶

生的孩子不少，但只有冉敬芳的父亲是男孩，因此父亲倍受冉敬芳爷爷奶奶的溺爱，结果他畸形成长，饭来张口衣来伸手，从什么活也不用干，到什么活也不愿意干，再到什么活也不会干，最后是什么也干不了，只好四处流浪、要饭。也正因为这样，10岁的冉敬芳尽管只有一条腿，还得坚持维持着全家的生活！

时光流逝。就在冉敬芳的生意蒸蒸日上的时候，弟弟又开始困扰着她。从创业起弟弟就跟着她，在最艰难的时候，弟弟帮姐姐照看孩子打理生意，姐弟二人相互扶持走过了最艰难的日子。冉敬芳事业发达之后想，自己受了这么多的苦，无论如何不能叫弟弟再受苦了。所以对于弟弟她是有求必应。令她始料不及的是，弟弟竟然与父亲一样，变得四体不勤、五谷不分，很懒惰，经常出去赌、嫖、花天酒地乱花钱，当她意识到这样下去不行，会害了弟弟时，想约束弟弟已经办不到了。弟弟竟

然拿着枪逼她给钱。她彻底绝望了，终于断绝了与弟弟的一切来往。现在弟弟还是居无定所，没有房子，没有孩子，没有老婆，一个人四处流浪，那情景，竟酷似当年的父亲……

并非绝情母亲，对子女还有“最后的安排”

冉敬芳说，等小儿子到了法定年龄，就将“家庭协议”拿去公证。她说：“我一个女人，只有小学文化，又只有一只脚，做到今天这一步，完全是靠自己的努力达到的。现在好多学生，在学校里讲吃讲穿，还要名牌，好逸恶劳，我很看不惯。签订这样的家庭协议，我就是要培养子女自食其力的能力。我一只脚能够走到今天这一步，他们好脚好手的，为什么不能？我的目的，是让我的娃娃们不能丢了我那种生活的精神！”

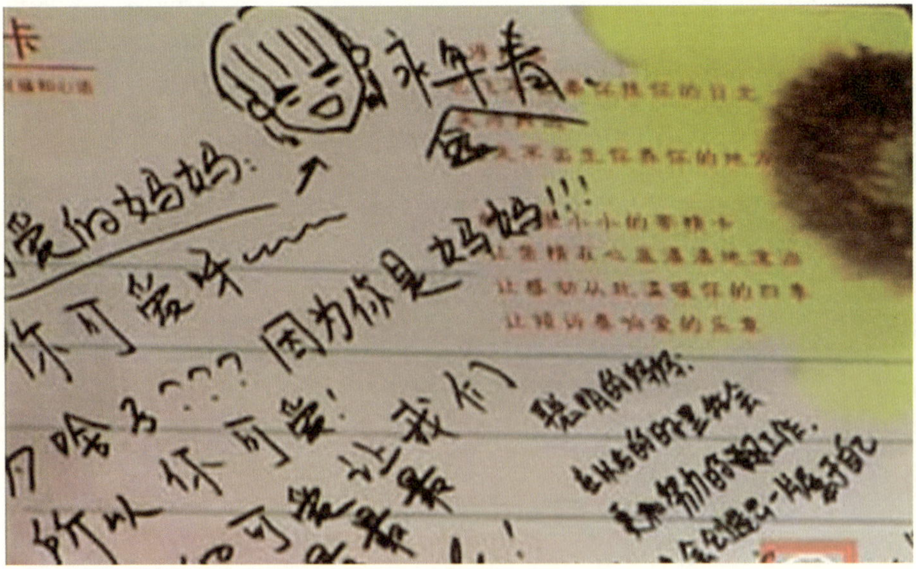

最近，冉敬芳对协议作了小小的修改：她盖了五间小屋，如果哪个孩子成年后不能自立，向她提出申请，她可以给这个孩子一间小屋，配备炊具，并且给他每月100元的生活费。

对自己财产以后怎么处理，冉敬芳说，“**我是一名残疾人，一只脚上山割过牛草、插过秧，干过所有的农活，20年来一只脚起早贪黑地做生意，尝遍了人生的艰辛。对于财产的处理，将用来回馈社会，资助残疾人事业。**”

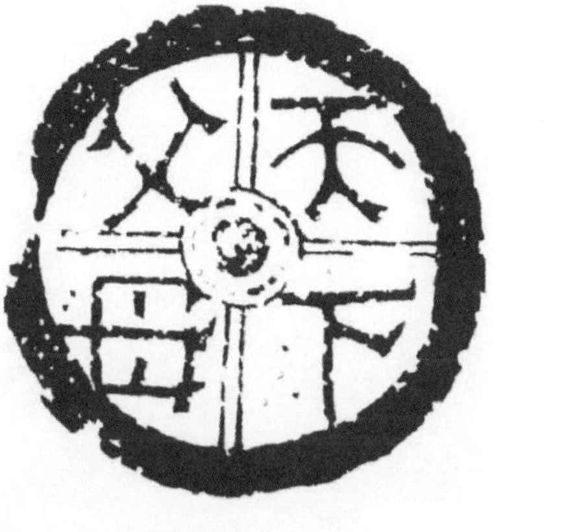

点评

什么人是女强人？那些摸爬滚打流汗不流泪的是，那些幸福了家庭、优雅了子女的是，可是再与冉敬芳相比，她们只做到了一半。千万家产，立下契约：不予子女，回馈社会，只为他们不丢生活的精神！

一纸协议书，深深慈母情。这是多么良苦的心志，这是多么宏大的气度，她走出了常人难以跨越的感情沼泽，她抵达了常人难以企及的大爱境界。

十一

德国妈妈演绎跨国母子情

白雪

她的爱跨越国籍、跨越生死、跨越血缘，感天动地。她用自己的坚持挽救了一个原本已被放弃的生命。舍出血肉、付出艰辛、守住信心，她不是母亲，却完美地诠释了母爱的意义。

“非典”时期七个月的隔离，成全了这一对跨国“母子”

44岁的德国姑娘玛格黛克（MAIGA · BECK）中国名字叫“白雪”。她高挑个儿、白皮肤、蓝眼睛、黄头发。在德国，她是一名专门照顾老人的护士。她于1999年来到中国天津，学习了两年半的汉语。之后她就进了一家国际慈善组织在沈阳的办事处，专门负责培训中国康复护士。

沈阳福利院的这个黑头发、黑眼睛、黄皮肤的小男孩名叫沈庆蓝，是个孤儿，而且先天性残疾。白雪与国际慈善机构的同事们第一次来到沈阳市福利院时，恰遇沈庆蓝犯病，正在抢救。白雪和她的同事们生了怜悯之心。同事中有一位名字叫恩泽尔（ANGRY）的美国护士（中国名字叫黄茜），也是个极有同情心的人，恩泽尔是培训中国护理人员护理婴幼儿的，对这个孩子就特别的关注。等孩子病情稳定后，恩泽尔主动提出把孩子带在身边。

俗话说得好：“看似容易，干起来就难了。”美国护士恩泽尔带沈庆蓝没多久，就累坏了。沈庆蓝并不因为带她的是外国人而有所收敛，因为有病，他特别能闹，喝奶水特别多，比一般的孩子多出一倍。而且，即使喝足了也不像一般的孩子那样睡觉或是自己玩，而是一个劲儿地哭闹。德国姑娘白雪见此，就主动提出帮恩泽尔带孩子。美国护士当然是求之不得。就这样，美国妈妈带一个月，德国妈妈带一个月。小小的沈庆蓝好似掉进了蜜罐子里，然而他还是比一般孩子难带许多。

相比之下，白雪对于沈庆蓝更为关切。孩子好哭好闹，白雪就用一根德国母亲带孩子专用的长布条，把孩子兜在怀里。说来也怪，孩子贴着她的身子就安静了。专用长条布其实就是很长很宽的一大块布。正是三伏天，沈阳的夏天也是非常酷热，白雪上下班都用这块大布兜着孩子，胸前背后都汗淋淋的。同事们都劝她别用布带子了，太热，她却说，这样孩子舒服。带孩子使白雪体验到辛苦，更体验到母爱的快乐。

转眼就到了2003年春夏之交。一场突如其来的非典扰乱了中国人的生活秩序，也改变了白雪与沈庆蓝的关系。当沈阳市为控制非典而实施隔离时，美国护士恩泽尔回国探亲，不在中国，沈庆蓝正由白雪带着。由于隔离，白雪不能出门，当然也不能到福利院去，只能在家，与沈庆蓝朝夕相处。孩子的腿一长一短，还伸不直，白雪就想尽一切办法帮他做康复训练。为了让孩子吃得更好，她还请了位中国保姆帮助做饭做菜。孩子感受到她的爱心，每天都非常快乐。为了使孩子健康成长，白雪决定给他做一个书桌。她找到一位会木工的朋友，如此这般提出要

求，与木工朋友一起对沈庆蓝的身体反复测量，根据背弯、腿伸不直等残疾，精心设计桌子与椅子。白雪还亲自去购买材料，前前后后历时一个月，才做成这套世上独一无二的桌椅。小庆蓝坐上去看书、写字、画画非常舒适。白雪拿出幼儿画报讲给小庆蓝听，小庆蓝乐得咯咯笑，白雪也非常开心。白雪与沈庆蓝的关系飞速升温。两个人不但用汉语对话，白雪还教孩子说英语，因为她生怕自己的汉语不够正宗。沈庆蓝身体残疾，但聪明伶俐，学英语学得很快；也非常地乖，一口一个“白雪妈妈”，叫得非常亲切。到德国妈妈白雪为止，沈庆蓝已经经历了四位好心的女性，其中两位是中国人，两位是外国人。不懂世事的他把这四位都视为自己的妈妈。玩到高兴时，他不无得意地向白雪炫耀说：“白雪妈妈，连同你，我一共有四位妈妈，”他扳着指头说：“红梅妈妈、小保姆阿姨妈妈、美国的黄茜妈妈、还有你，德国的白雪妈妈！”白雪逗他说：“那可不行。每个人都只能有一位妈妈的。”小庆蓝不解地

问："为什么呀？我就是有四位妈妈嘛！"

可是，七个月过去，当隔离解除后，也就是白雪与沈庆蓝单独相处了200多天之后，沈庆蓝再也不说他有四个妈妈了，也不再叫白雪"白雪妈妈"了，而是直接称她为"妈妈"。不但如此，他还学会了英语，可以与白雪用英语对话！

他离不开白雪，白雪更离不开他。白雪"违约"了，尽管那位美国同事已经回到中国，她却再也不肯把小庆蓝与美国同事共同养育了。为了能长期地与"儿子"在一起，她查阅了中国法律，到相关部门办理了助养手续，名正言顺地为小庆蓝当起了"妈妈"。她的这个中国儿子也非常懂事，尽管身体有残疾，却经常帮妈妈洗碗、擦地。

德国姑娘助养中国残疾儿童的事情让许多人感动。许多人关心着小庆蓝，给他送来各种玩具。白雪的朋友有中国的，也有外国的，所以小庆蓝的玩具有中国产的，也有外国制造的。小庆蓝生活得很幸福。

"儿子"被查出重症，白雪遭受熬煎

然而，这样的日子没能持续多久， 2004年4月，小庆蓝的驼背突然加重，用上矫正支架后还是无法逆转，到医院查，原来孩子有骨结核！这可是重症！如果手术不及时或治疗不恰当，小庆蓝轻则瘫痪，重则随时可能失去生命。白雪如五雷轰顶，她的第一个反应就是一定要抢救儿子，一定要把儿子的病治好！她带着小庆蓝跑遍了全中国，各种各样的治疗方法都尝试了。每次治疗时，白雪一边给小庆蓝擦汗，一边给自己擦眼泪。2005年5月，她在好心人的指点下，带着小庆蓝来到了南京鼓楼医院。经过专家确诊，小庆蓝需要经过三次手术才有望康复，手术费大约一共需要10万元。这使得白雪非常为难。因为她从事的是慈善事业，没有工资，她平时的生活费都是靠亲戚朋友的资助，到哪儿去筹集这一大笔手术费用？但这丝毫不影响她的决心。她四处借钱，并变卖了自己在中国的家当，终于筹到了6万元钱，9月29日，小庆蓝接受了第一次手术，进行脊椎牵引。在手术的前几分钟，白雪还和小庆蓝一块玩游戏呢。看着孩子进了手术室，白雪的眼泪再也忍不住流了下来。

更大的考验是二期手术：脊椎矫正手术，这是整个治疗中最危险的环节，小庆蓝的背部将被打进8~10根钢针钉，然后脊椎骨将被截断，再加压将之重新排列进行矫正，最后再固定好。众所周知，脊椎骨是中枢神经所在，稍有闪失，小庆蓝就会瘫痪。手术定于10月25日上午进行。作为护理专家，白雪深知手术的危险性，手术前的那一夜她一夜没能合眼。她一直在祈祷上帝保佑自己的儿子。

她回忆起，在见到小庆蓝之前的一天夜里，她曾做过一个奇异的梦。她喜欢海，她梦见自己在海边，天蓝蓝，海蓝蓝，一波波的海浪向她涌来，平坦的沙滩上，突然有一个孩子张开双臂朝她跑来，口里还喊着妈妈、妈妈！似醒非醒之际，她还似乎听见上帝告诉她："这是你的孩子，你们将永远相伴。"后来她就与小庆蓝见了面。所以她一直认为小庆蓝就是上帝赐给她的最奇妙的礼物。

小庆蓝被护士带走了。白雪开始了长久的等待。说来也奇怪，尽管一夜没睡，她却一点也不困；尽管手术极其危险，她的心却非常平静。

因为她想起梦中上帝曾对她说，她与儿子将永远相伴，所以她相信，儿子一定会平安的。

好人一生平安，爱心感动中国

果然，小庆蓝挺过了第二期手术，以及后来的第三期手术，而且恢复得相当好。白雪的事迹经媒体传播，感动了许多中国人。人们说："白雪对小庆蓝的爱跨越了国界、跨越了血缘、跨越了婚姻、跨越了残疾，非常的高尚。"被她的事迹感染，深圳一位女士给她寄来了10000元钱，南京的一位女士给她寄来了6000元钱，还有一位女士给她寄来了4000元钱。医院也主动减免了一部分手术费。这一切都使白雪非常感动。由于捐助者都不愿意留下姓名，白雪只好对记者说："这都是上帝赐给我和儿子的钱。"

孩子激发了白雪的母性，使她改变了许多。以前，白雪上下班都是挤公交车，偶尔坐出租车，也是按德国人的习惯与搭伙乘车的同事分摊车费；自从有了小庆蓝，怕委屈了孩子，白雪上下班总是坐出租车，而且，即使有同事一同乘车，她也总是自己付费。因为她觉得这车费是为儿子付的。

更深层次的改变还在于她对于人生和家人的态度。白雪自幼生活得并不幸福。她是由奶奶带大的，但奶奶并不喜欢她，几乎天天打她、骂她，父亲对她也很冷漠。这使她心理很受伤害。有了小庆蓝之后，她的心态变了。她原谅了自己的奶奶和父亲，她给父亲写了一封信，说她原谅了他。

父亲接到信后很感动，马上打过电话来说：“女儿，谢谢你给我来信。”

眼下，小庆蓝健康状况良好，正在康复。白雪的最大愿望就是永远

与儿子在一起。她说，教儿子一个段落的英语后，还要再教儿子德语。她希望小庆蓝健康成长，好好学习，将来当个好老师，帮助其他的孤儿和残疾孩子。

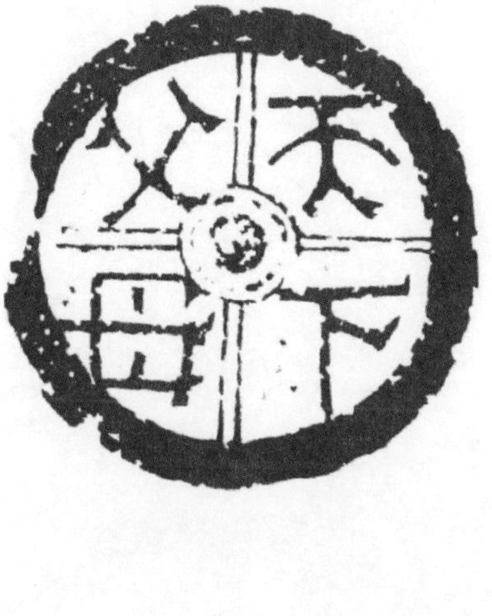

点评

诚信，就是一种不放松的托举，不言放弃的拉力。一个未婚的外国姑娘，身心凝聚着的母爱的力量，东方人的美德，活力迸发，光芒四射，让我们心生崇敬！

一场爱的接力赛，一场跨国界的救援，一场超越种族和血缘的心灵对话，让我们感受到了地球村的温暖，发现了人类的希望所在……

十二

用自己的行动兑现着爱的诺言

陈秀苗

都说爱情是自私的，她却用自己的无私做出了超越妻子的职责。二十多年的岁月，她温暖着这个曾经支离破碎的家庭，用日复一日的付出拼贴出如今幸福、美满的大家庭。

孩子，我要让你有个温暖的家

1968年，陈秀苗出生在山西长治，姊妹五个，她是老小，一家人和和睦睦。然而，这种和睦并没有持续很多年，陈秀苗3岁时，母亲病逝了。就像歌里唱得那样：没妈的孩子像根草。为了帮父亲分担家里的重担，陈秀苗很小就辍学了。从那时起，她就深切体味到了没有母亲的滋味，体味到母爱对一个孩子有多么重要。

不到20岁时，陈秀苗的父亲也因病去世，她跟着舅舅来到了太原，在太原市晋源区南街村村委会工作。看到陈秀苗勤劳又懂事，很多舅舅的同事和朋友都上门来为他介绍对象。但是给她介绍的对象却没有一个让她动心的。直到有一天，舅舅的一个好朋友来到家里，闲谈时，无

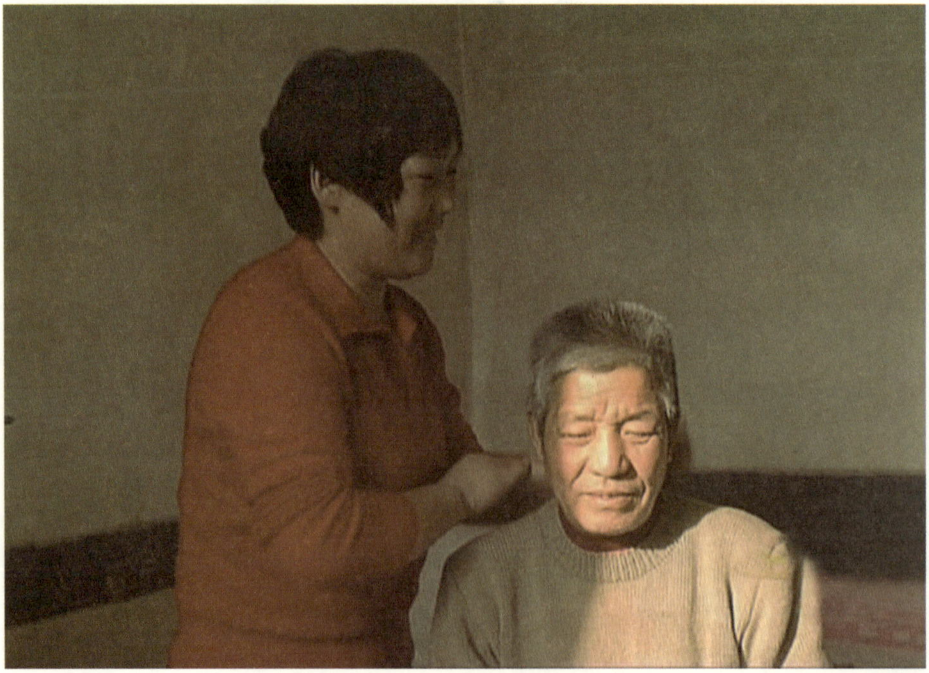

意聊起了一个家庭，“太原南街村一位妇女因难产去世，还留下一个不满周岁的男孩。”听到这些，陈秀苗就坐不住了，当即就想去看孩子，被舅舅一家人劝阻下来。但她心里还是放不下，过几天还是悄悄地就去了。

孩子幼小，无助的父亲沉溺于悲痛中。初次见到这个家庭，陈秀苗难掩内心的苦楚，“因为我很小就没了母亲，看到那一丁点的小孩，就特别心疼，觉得特别可怜。从见到孩子那一刻起，我就想给他个家。”发自内心的同情和牵挂，使得陈秀苗多次去探望这个不幸的家庭和孩子，同时利用业余时间在生活上尽可能多地给予他们悉心的照顾。在照顾孩子的一年多时间里，因为自己的真情付出，孩子和陈秀苗建立了不是母子，但却胜似母子的真挚感情。

在探望和照料这个孩子的过程中，陈秀苗和孩子的父亲李利生产生了感情。陈秀苗回忆说：“那时候孩子才几个月大，看到孩子既可爱又可怜的模样，我就感到心疼。我怕孩子以后没有一个好母亲疼他爱他，他会受苦。我没有顾虑到我爱人是什么模样，当时他不在家，看到孩子，我就下定决心，要进入这个家庭，要把这个孩子抚养成人。”

顶着流言过了门儿

对孩子的真心付出、体贴关怀，每时每刻都感动着这个残缺家庭中不幸的父亲。父亲叫李利生，比陈秀苗大一岁，又瘦又小，不苟言笑，陈秀苗清清楚楚地记得第一次见到李利生时的样子。在利用业余时间照顾孩子的同时，两个人接触的机会多起来，共同语言也越来越多，慢慢地，两颗心靠到了一起。不久之后，陈秀苗扛着重压，走进了这个残缺的家庭。

陈秀苗付出了无私母爱，同时也收获了甜蜜的爱情，两个人同挽手、心连心喜结连理。1991年5月1日，陈秀苗和李利生举行了简单的婚礼。婚礼上，夫妇两人只收到了男方家庭亲戚朋友的祝福，而陈秀苗的家人缺席。因为陈秀苗根本不敢告诉哥哥姐姐，自己嫁了一个带着小孩的已婚男人。“结婚后，我才告诉哥哥姐姐的，嫁过去了，他们就不会阻挠我了。我愿意走进这个家，就得把一切都扛下来。”陈秀苗说。

爱人李利生的家庭是一个大家庭，父母双亲，还有两个弟弟、一个妹妹没成家。婚后，陈秀苗更感到作为母亲和妻子责任重大，因而对孩子和丈夫注入了更多的呵护和爱。从此，母爱撑起了一份责任，也撑起了一个新的幸福家庭。

年轻、能干、大个头……村里人都在议论着，观察着陈秀苗这个有点不寻常的媳妇。不顾别人的劝说，不顾流言飞语，陈秀苗用自己的行动兑现着爱的诺言。

当丈夫前妻双亲的好女儿

带上果品、祭祀纸钱，婚后第一个清明节，陈秀苗就和爱人带着孩子一起给前妻扫墓，这一扫就是20年。有一次丈夫出车未归，她一个人去给丈夫前妻扫墓，嘴里默默地说：“姐啊，你放心，孩子一定给你带好了。利生出车在外，你得保佑他平平安安才是啊。”

每当有别人问：“秀苗，独自去上坟不怕？”陈秀苗总是淡淡地回答说：“不怕，我们都是一家人，没什么好怕的。”

不久之后，陈秀苗就要求爱人带着她和孩子，去看望丈夫前妻的父母。这样的决定，让爱人多少有点意外，一进孩子姥姥家大门，陈秀苗就大大方方地喊了声：“爸、妈，我和孩子看你们来了”。这让还沉浸在失女之痛中的老人有点不相信自己的眼睛。孩子的姥姥看着陈秀苗，泪水潸然而下。再看看牙牙学语的外孙，两位老人和陈秀苗泪眼相对。

孩子的姥爷长叹了一声说：“只要你们把孩子照顾好，我们啥也不求。”陈秀苗对孩子的姥姥动情地说：“妈，别太伤心了，我以后就做你的亲女儿，我们还是一家人。”

从此，逢年过节、老人的生日，陈秀苗都一次不落地前去尽孝。每当到了冬天、夏天，她就会给两位老人买去换季的衣服，尽量让两位老人高兴。二十年的岁月里，两位老人也彻底地接纳了她，接纳了这个“找上门来”的女儿。有个头疼脑热的，老人首先想到的就是给陈秀苗打电话，他们就喜欢她在床前照料自己。

结婚一年后，陈秀苗生了一个男孩，她对丈夫前妻的孩子依然关爱有加，经常带着两个儿子一起看孩子的姥姥、姥爷。

丈夫前妻的爸爸王来顺说：“有了这个女儿，以后受不了罪。亲生的也没她这么好！说真的，二十年如一日，这就很了不得！”

丈夫前妻的妈妈任凤仙说：“她老家也远，又是从小就没了妈。这还不就等于是俺亲生的！”

纯善动机让她收获幸福

20年来，陈秀苗用她的孝心和爱心感动着这个大家庭的每一个人。

2009年的夏天，陈秀苗的婆婆生病住进了医院。她在床前衣不解带地伺候了20天，每天倒屎倒尿、洗脸洗脚忙活着。

对待公公婆婆好的同时，她也要求自己要做一个好媳妇、好大嫂。她对婆家的两个小叔子和一个小姑子也以诚相待、互助互爱，和她们犹如亲姐弟一般。相处这么多年，这一大家人从来没有红过脸吵过架。家里另外两个媳妇坐月子或者有时家里哪个人生病都是她在医院伺候，直到出院回家后，一有时间她还照顾着她们。“婆婆和公公心里也感到非常高兴，对我充满了感谢和肯定。”陈秀苗笑着说。

陈秀苗付出着真情，收获着真爱，她无怨无悔。

陈秀苗说：“老人觉得高兴了吧，我也觉得是找到幸福了。**我从小就没有了父母，来到这里，我就感到他们就是我的亲爸妈。他们是老天赐给我的，我感觉特别幸福。爸爸妈妈对也像对亲生女儿似的，真的，我是找到了幸福。”**

“老人不求你今天必须得拿多少好吃的，必须得买多少好穿的。我觉得老人只求孩子们能经常多来看看、聊聊天，就非常幸福了。”

对陈秀苗来说，幸福是在通往两对老人家的路上，是在对长辈亲朋每一句温暖的问候里，是在平常岁月默默地付出里。这个普通的农家女人，她忙碌、付出，善良而快乐。

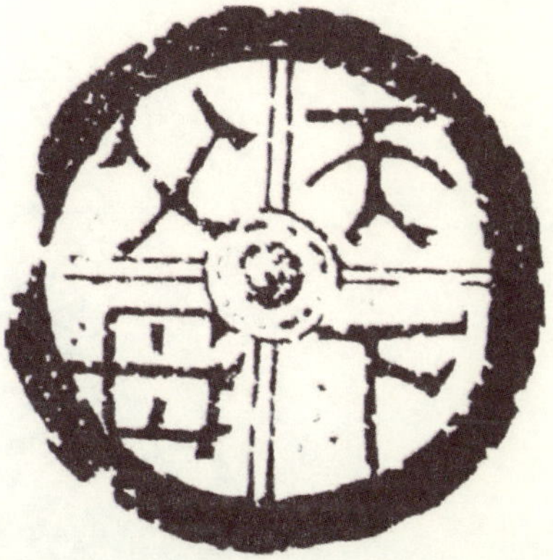

点 评

没有两个人的海誓山盟、花前月下，有的，是付出自己幸福全家的诺言。拿诺言做嫁妆，以流言做彩屑，陈秀苗走进生活的真实，走出虚假爱情的寓言。

付出真情，收获真爱。在付出上作加法，在获得上作减法，从不计算付出与收获是否是个对等式。拥有常人没有的幸福观，也就获得了别人没有的幸福感。陈秀苗，走在通往幸福的大道上……

十三

父爱的信念创造奇迹

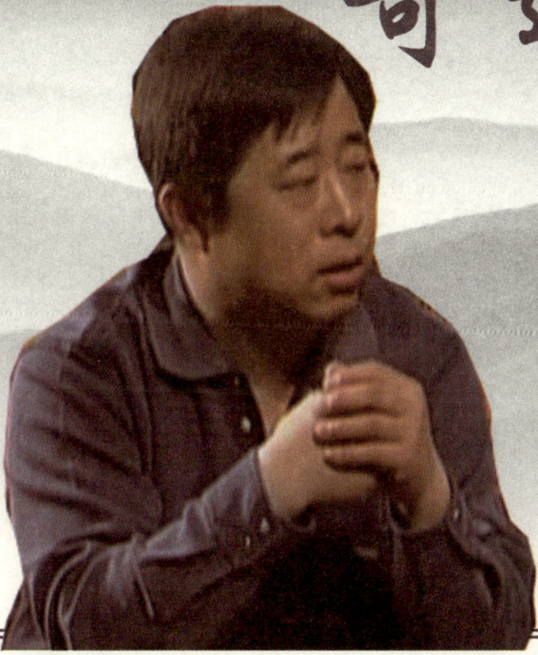

张经华

如果不是他流着泪恳求医生做最后的努力，如果不是他8次伸出手臂抽出献血，如果不是他9000多个日夜的守候陪伴，这个曾经被医生断言终生不能站立的脑瘫儿绝不会站在舞台上歌唱。他用自己的双肩，挑起对家人的承诺，用父爱创造着生命的奇迹。

张明，北京人，23岁，智商（IQ值）48，相当于5~6岁儿童智力水平，被医学判定为脑瘫、智力二级残疾且终生都不可治愈的孩子。在永不言弃的父母精心抚育下，张明靠勇敢、毅力和坚强，克服了一个又一个常人无法忍受的病痛和无法想象的困难，突破了脑瘫智障的限制，成为一名展露个唱音乐才能的歌手，创造了生命的奇迹。2001年在第五届全国残疾人艺术会演中获优秀贡献奖，2004年在宣武区中小学生艺术节上获三等奖，2004年在宣武区家庭文明礼仪风采展示大赛上获一等奖，2004年在宣武区第四届残疾人文艺会演中获《二等奖》，2004年在宣武区牛街街道办事处为其举办的《爱的奉献——张明个人演唱会》获得成功……

这是一个生命的奇迹，一个让无数人感到惊讶、引发无限感慨的故事。

张明的不幸是从母亲怀孕开始的。刘玉荣怀孕七个月时，到医院做例行检查，被发现有妊高症。这是一种极其危险的病。医院为她紧急催产，一连催了四次，还是没有催下来，最后只好实施剖腹产，才拿出这个还差三个月才应当出生的男婴。

九死一生

男婴极度虚弱，从出生那天开始就挣扎在死亡线上。在保育箱内待到第七天，医生对他的父亲张经华说："你们给孩子准备后事吧，七天来，这孩子滴水不进，也没有任何反应，输的液都从针眼往外流，已经不吸收了。"张经华抑制住悲痛，对孩子说："宝贝，你看看我，你睁开眼看看我。"或许是父子间心有灵犀，七天没睁过眼的孩子居然睁了一下眼睛，爸爸发现，儿子的眼珠子都是红的。儿子七窍中，除了耳朵，到处都流血。看到孩子对他睁开眼，张经华一下瘫倒在床前。

绝望中，张经华和孩子的舅舅一起给他做了个精致的小棺材，还特意给孩子取名叫张明，祝愿在另一个世界有日月与他相伴。

然而，就在第八天的清晨，育婴箱里发出了微弱的哭声。护士们非常奇怪，以为自己听错了，因为育婴箱里只有小张明自己，而他是不可能发出声音的。然而却果然是他，医生以为这是"回光返照"。但既然他有了反应，就得抢救，赶紧给他从鼻孔下一根细管通到胃里，输进去三十毫升的生理盐水。令医生们感到意外的是，这一次小张明没吐出来。医生说有希望。就这样，小张明慢慢地睁开了眼，后来也能够排尿了，生命体征一天天呈现。

然而，危机并没有结束。单单是新生儿败血症，张经华就为他换了八次血。幸亏婴儿总血量少，要不然张经华的血早被抽干了。

终于，在经历了六个月的特护之后，一家人喜气洋洋地把小明明抱回了家。

医生确诊：
小张明患脑瘫、弱智、将终生无法站立

然而，好景不长，全家人渐渐发现小张明有诸多不同于其他孩子的症状。抱到医院去检查，大夫问："孩子多大了？"当得知小张明已经一岁多了，医生脱口说："怎么这么软呀？会不会是脑瘫呀？"

张经华和刘玉荣一听这话不高兴了，说："我们明明是不足月拿出来的，又在育婴箱里呆了半年，当然比一般孩子软了。"病也不看了，抱起明明回了家。又有一次，明明感冒发烧，到医院去，一个医生说："这孩子，有可能是脑瘫。"夫妻俩特别生气，说："胡说什么呀，给我们开点药，走。"回家说起来，还恨那个医生。

虽然采取"不承认主义"，但夫妻俩心里还是有些嘀咕。"讳疾忌医"——他们从此不到大医院，专门查街上的小广告，找土医生。因为一到大医院大夫就说孩子患了脑瘫。而一听这两个字夫妻俩就受不了。小广告上说哪儿有治脑瘫的，他们就到哪儿去，山东、上海、山西，都去过。去了，先对土大夫说："我们带孩子看病来了，我们家孩子身上

有点软，你可千万别说我们家孩子是脑瘫，否则我扭脸就带我们家孩子走，就不在你这看了。”土大夫们图的是钱，当然“言听计从”，在诊断时小心地说：“来看看吧，嗯，身体是软点儿，不过不是脑瘫，吃点药看看吧。”然后是各种治疗方法：中药、按摩、扎针，可以说是“无所不用其极”，但折腾到3岁半，张明还是站不起来、坐不起来。

眼看着孩子毫无起色，张经华和刘玉荣不得不正视现实，最后不得不决定，还是抱着孩子到权威医院去看看。经过系统检查，医院给出的结论是：小张明左小脑发育不全，也就是脑瘫，而且，还有智力障碍，眼睛也有问题，是先天性白内障加先天性弱视，还有眼球震颤。

以上这些病症，都是目前无法治疗的。

听着这一大串生疏的名词，夫妻俩的心一阵阵发凉。等医生说完，他们破罐子破摔地问：“大夫，你干脆对我们说明白吧，脑瘫意味着什么？”

医生说："那我就告诉你吧，像他这样的左小脑发育不全，就意味着他永远可能学不会说话，永远站不起来，一辈子走不了路。"

医生的话，如雷轰顶。刘玉荣当场坐在地上，号啕大哭。一种绝望的情绪令她抑制不住冲动。她冲着张经华嚷："都怪你！都怪你！当时我说不留，你非得留，你说咱们留下这孩子，不是净让他承受苦难吗？将来他一辈子站不起来，一辈子走不了路，他可怎么活下去？咱们怎么活下去？"

张经华一手抱着孩子，一手扶着妻子，心里如同打翻了五味瓶，酸甜苦辣一起涌上心头。但是，作为男人，一个信念在他心里越来越坚定：坚强！要让儿子好好地活下去 。

孩子是好是孬我都认了，我们就要这一个儿子

根据医生的建议和我国的计划生育政策，张经华和妻子可以再生一个孩子。可恰恰是在要不要再生一个孩子这个选择上，张经华和刘玉荣差点儿闹到分手的地步。

张经华的态度很坚决，是好是孬咱们都认了，坚决不生第二胎。妻子虽然有些勉强，可最终还是同意了丈夫的选择。可是，仿佛是天意吧，在张明7岁半的时候，她突然发现自己怀孕了。她瞒着丈夫，偷偷到医院做检查，包括羊水穿刺，直到确信大人孩子各项指标都正常，她才喜滋滋地告诉丈夫。她说："我又有宝宝了，已经有三个月了，医生说了，这一个特别健康。"

本以为丈夫会喜出望外，不料张经华不但不高兴，反而特别生气："你为什么不早跟我说？为什么三个月了才跟我说？赶紧去做掉！"

拗不过丈夫，妻子进了医院，可上了手术台的她又反悔了，她舍不得肚子里的孩子，那是个健康的孩子！她跳下手术台，跑回了家。可是张经华却毫不通融。他对妻子说："比如咱们养两只小狗，一只傻乎乎地趴在那，另一只老给你作揖，逗你开心，你手里只有一块肉、有一口吃的，你给哪只狗吃？"

妻子明白他的意思，拒绝回答。

张经华说："你必须得回答我。你要回答不了，明天我还得带着你上医院。"

妻子到底是没回答。

第二天，张经华又拉着妻子去了医院。

孩子终于是拿掉了。

为这事儿，刘玉荣非常伤心，好几个月不理张经华，夫妻关系一度到达冰点。要不是为了明明，她也许早就与丈夫分手了。

其实，张经华何尝不理解妻子，又何尝不愿意有一个健康的孩子。妻子的理由是，再要一个健康的孩子不是为她自己，而是为张明有一个伴。而且，父母百年之后，这个健康的弟弟或是妹妹可以照顾哥哥。而张经华却是这样想的：不论是男孩还是女孩，这第二个孩子大了如果通情达理还可以，万一不通情达理，他（她）如果质问父母："难道我生下来就是为了照顾这个有智力障碍的哥哥吗？到那时，咱们如何回答？"

张经华坚定地对妻子说："这家不能散！咱们三口人，谁都离不开谁，谁也不许离开谁。"

从这一刻起，他更主动地承担起一个男人的责任。只要是能付出的，他都舍得，他拼命维护这个三口之家，拼命保护好儿子、照料好儿子，让儿子一天天长大。

漫漫训练路，几多汗水，几多泪水

张经华和妻子对张明的康复训练是从医院回家后就开始的。尽管医生对孩子的未来"宣判了死刑"，可他们却下定决心与生命抗争，与医生的结论抗争。他们下决心让孩子站起来。为了矫正孩子身体——特别是脚的变形，他们每天给孩子按摩和矫正腿形、脚形，抱着孩子让孩子练习站立和走路。那简直是一场艰难的搏斗。不论孩子如何哭闹，夫妻两个拿出“铁石心肠”，每天的训练从不打折扣。后来，他们设计并请人给孩子做了一双“铁鞋”。这双鞋穿上当然很不舒服，穿上之后，还得靠墙站着，以锻炼双腿和背部的力量。小张明不懂事，一穿上这铁鞋就哇哇大哭，更不用说靠墙站立了。可是张经华与妻子陪着儿子，每天都要站足规定的时间。

岁月，就在这样艰苦的训练中，在汗水和泪水中一天天度过。

张明4岁多的时候，电视剧《渴望》在全国热播。张经华与妻子惊奇地发现：晚上，小张明穿着铁鞋站在墙边，不哭也不闹，这可是从来没有过的事。张经华觉得奇怪，就故意去按他的腿和脚，如果在平时，孩子会哭得更厉害，可这一次，孩子却任凭摆布，好像一点儿也感觉不到疼。张经华又把孩子提起来，锻炼孩子的臂力。这可是最“残酷”的训

练项目，每次都是大人累出一身汗，孩子哭出满脸泪。可这次，张明依旧非常平静地顺从了。这是怎么回事？难道孩子在看电视剧？可是，他的眼睛视力很差，根本看不清啊，再说，就算是能看到，他也不可能理解剧情，投入到剧情之中。

观察了好几天，张经华和刘玉荣才判断出小张明是在倾听《渴望》的音乐！更让他们没想到的是，当《渴望》演到第十一二集的时候，小张明居然能跟着哼哼电视剧的片头曲和片尾曲了。这时的张明还不会说话！不会说话的张明，却跟着电视机的歌声学会了唱歌！能把整首歌哼下来。“悠悠岁月，欲说当年好困惑，亦真亦幻难取舍……”虽然吐字不清楚，听不清他唱的是什么词儿，可曲调却半点儿也不差！

张经华简直乐疯了，他猛地抱起儿子冲妻子喊：“谁说我儿子傻？我儿子是音乐天才！”

事情就是这样不可思议。张经华和刘玉荣都不喜欢唱歌，而且，一唱歌就跑调，张家和刘家也从来没出现过唱歌的天才。可多种疾病集于一身、4岁多了连话都不会说的明明，却对音乐特别着迷，只要电视剧的音乐响着，无论怎么训练他都不哭不闹。

从牙缝里抠出来的一台录音机，成为张明成长的助推器

可是，高兴之余，一个念头跃上张经华的心头，《渴望》尽管有二十多集，可总有播完的时候，那时再训练，明明再哭怎么办？于是他和刘玉荣商量，家里经济再拮据，也得给儿子买个小录音机，让儿子时时刻刻能够听到音乐，做训练的时候不再受罪。那时的工资都不高，家里再有这么个病孩子，整天看病拿药的，根本没有结余。但他们还是从牙缝里抠出钱，到天桥商场买了一台小录音机，为此，全家人光吃大白菜吃了一个多月。这台录音机成了明明的宝贝，整天爱不释手。本来是为他训练时不受罪的录音机，却成了明明走上歌坛的催化剂，这倒是张经华和刘玉荣始料不及的。

连医生和音乐教师也解释不了的是，患有脑瘫的张明居然能把音调唱得那么准。这究竟是音乐促成的奇迹还是父母的爱促成的奇迹，只有天知道了。

张明9岁的时候，张经华和刘玉荣带着他到少年宫去，希望给他报个音乐班什么的，找个明师指导一下。可是，人们对明明那种不屑的眼神令他们心寒到了极点，有人公然说："咳！这孩子怎么教呀？走路都走不利落，还唱歌呢！"没办法，张经华和刘玉荣只能在家里训练他。明明的舌带比正常人的要短，在发某些音时总是不准，特别是啦啦啦之类，歌里还特别多。唱不出来，明明自己也特别痛苦，父母也陪着他难过。然而这道坎必须迈过去，不然就无法唱歌。明明由于喜欢唱歌，练起来就特别刻苦，可是只练几分钟，整个人就累得不行了，连手、脚也翘起来了，嘴角吊吊着，吐白沫，脸也歪了。父母一看不行了，赶紧叫停。可明明却执著地继续训练。连父母都被儿子感动了。

每周，明明都自觉地练习六天，只星期六稍微放松一下自己。为了能站得稳，练声的时候，他都是靠墙站着，像他小时候练习站立一样。他经常穿着一件红毛衣，久而久之，墙上都被他染红了一片。

爱好是最大的动力。"要我学"和"我要学"有着本质的区别。也许，正是小张明主动的学习热情才是他冲破脑瘫智障走向成功的最大推动力。

明明对于唱歌简直到了痴迷的程度。父母带他外出，遇到认识或不认识的，他都会主动走上去："哥哥（或者姐姐），我给你们唱首歌行吗？"对方点点头，明明就迫不及待地放开喉咙高歌一曲，唱完，对方往往鼓掌夸奖，说："明明唱得真棒！"明明就更来劲儿了。

23年来，明明挨的唯一一次打

当然，明明的成长历程绝不会像笔者写得这样简单。

说起明明23年的艰难成长历程，张经华不无内疚地说："23年来，我只动手打过明明一次。"

为此，张经华后悔不已、内疚不已。

那是为了训练明明走路。明明勉强站起来之后，又开始艰苦的行走训练。他趔趔趄趄，走得很不成样子，但经过一段时间的训练，总算是能"走"了。那是怎样的走呀，还不及刚学走的孩子呢，身子歪歪扭扭、晃晃悠悠，双腿的摆幅还不及双臂的摆幅大，走出的轨迹更是忽左忽右。张经华和刘玉荣先是怕孩子摔倒。等到明明不太摔了，又开始想办法让孩子走直线。根据专家的建议和就地取材的原则，让明明在马路牙子上走是最好的方法。但明明却极不愿意服从。张经华好不容易把他扶上去，他一步还没迈出来呢，身子一歪就下来了。如此再三，张经华一股无名火起，也不知哪里来的劲头，抬脚就踢了明明屁股两脚，接着一挥手，把明明推倒在路边的草坪里了。明明用胳膊支起身子，愣愣地看着父亲，眼光直勾勾的。也许，因为他从来没挨过打，还弄不明白这是怎么回事。张经华与儿子目光相对的一刹那，儿子还没哭，他却先挺不住了。他一步抢到儿子跟前，抱起儿子："没事儿，儿子，听话，乖啊。"说着，禁不住流下泪来。他用力忍住泪，对儿子说："儿子，爸爸不愿意打你，爸爸也没打过你，可是爸爸着急啊，儿子，我着急的是你今后怎么活着，爸爸妈妈总有不跟着你的时候，到那一天，你怎么办？"

这道理，张经华对明明讲了几十遍上百遍了。但这一次，明明似乎听得特别认真。他对爸爸说：“爸爸，那咱们接妈妈去吧。”

这事儿就过去了。

大约过了不到十天，晚上，一家三口人吃了晚饭照例带着明明下楼去锻炼。明明不待吩咐，主动走上马路牙子，很稳当地走出了十几步。张经华的眼泪一下子就下来了。他激动地对妻子说：“咱明明懂得爸爸的心思了，儿子长大了，懂事儿了。”他走上前，拉住儿子的手说：“好儿子，爸爸永远不会再打你了。你不会做的，我一步一步地教你，你不懂的事，我一个字一个字地教你。有我就有你，你放心吧。”

明明显得懵懵懂懂，不知道爸爸为什么这么激动。

明明会唱歌了，也会说话了，尽管说话不如唱歌来的顺溜。但他的逻辑思维却还是极低。打个比方，他不会系鞋带，怎么也学不会。他还不会计算，完全没有大与小、多与少的概念，尽管他能记住一连串的数字。笔者当场验证过，写上毫不相干的七八个数字，让他看看，然后，

他就能把这些数字一个不落地背出来。但是，这些数字代表什么，他不知道。

然而，明明的感情却似乎一点儿也不缺少。由于爸爸从小陪他较多，他对爸爸感情特别深。如果他外出演出爸爸没有跟着，那么，每天中午11点半，他会准时地给爸爸打电话，问爸爸吃的是什么喝的什么，还问好吃不好吃，还会叮嘱妈妈给爸爸做点好吃的，多放点肉。如果在家，每天爸爸回家时，明明会提前把拖鞋给爸爸准备好，把爸爸喜欢喝的酒准备好。妈妈给他买了点心、饼干、好吃的水果，他都要等爸爸回家，把第一口送到爸爸嘴里，爸爸不吃，他绝对不吃。

从这一方面看，他比许多健康的孩子懂事多了！简直令人感动。难怪张经华感慨地说："我这辈子值了，没白留下这个孩子，没白疼这孩子！"

说起唱歌，明明就兴奋，他说他现在会唱200多首歌了。满文军的《望乡》，腾格尔的《父亲和我》，李琛的《窗外》、《我能为你做些什么》，李春波的《一封家书》、《小芳》，阎维文的《母亲》，王宏伟的《儿行千里》……他都喜欢。而他最爱唱的一首歌，就是刘和刚的《父亲》：

想想您的背影
我感受了坚韧
抚摸您的双手
我摸到了艰辛

不知不觉您鬓角露了白发
不声不响您眼角上添了皱纹

我的老父亲
我最疼爱的人
人间的甘甜有十分
您只尝了三分
这辈子做你的儿女
我没有做够
央求您呀下辈子
还做我的父亲

听听您的叮嘱
我接过了自信
凝望您的目光
我看到了爱心
有老有小您手里捧着笑声
再苦再累您脸上挂着温馨

我的老父亲
我最疼爱的人
生活的苦涩有三分

您却吃了十分

这辈子做你的儿女

我没有做够

央求您呀下辈子

还做我的父亲

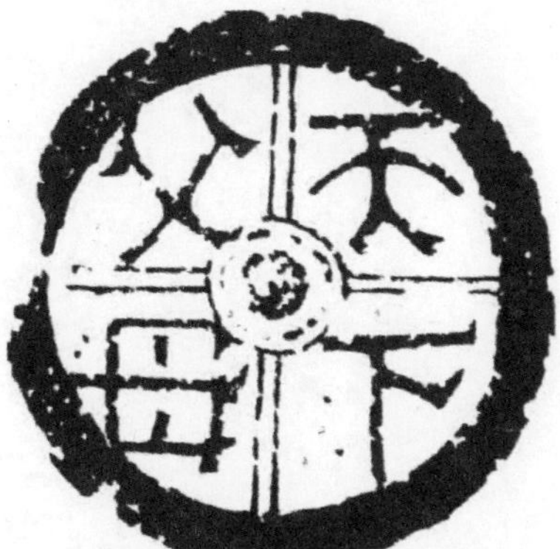

点评

父爱深似海，为了子女再多的磨难也能容纳；信念重如山，命运的风雨再大也不能撼动半点。父爱创造了奇迹，信念支撑起传奇。奇迹的出现，是因为张经华爱的信念稳如磐石、重如泰山。

大脑虽然智障，心灵却未受到污染。音乐的清泉从儿子心灵流过，化做一首首献给父爱的礼赞！

十四

母子擒贼记

张业爱

如果把窃贼和扒手比作破坏社会和谐的硕鼠，那么，反扒高手就是目光锐利的鹰隼。貌不惊人的张业爱自发从事反扒10载，先后抓贼300余名，被称为“泉城女侠”“扒手克星”。

路见不平，发誓抓贼

说起张业爱抓贼，还得从1996年冬日的一个正午说起，下岗女工张业爱出门买菜，途中，见路人围成一团。她好奇地挤入人群一看究竟，只见一个农妇痛哭流涕，满身泥泞坐在人群中，被寒风冻得满脸红肿。张业爱心有不忍，扶起农妇问缘由。农妇说她的独生儿子今年中专毕业，下午有一个公司要面试，她想到商场给儿子买身像样的衣服，没想到刚走到半路，包就被偷了。丢失了钱财固然令她心疼，更重要的是，儿子的毕业证书、学位证书也全在她的包里。没有了学历文凭，耽误儿子的前程，简直是要她的命啊！听罢，张业爱气愤不已，设身处地想想，这小偷也太可气了。她一边带着农妇到派出所报案，一边暗下决心：可恶的贼，我就不信没人来治你们。

于是，她也不找工作了，有人介绍她再就业，她也找借口不答应，每天就在菜场、超市等小偷聚集地巡视、观察，琢磨哪个是小偷，如何

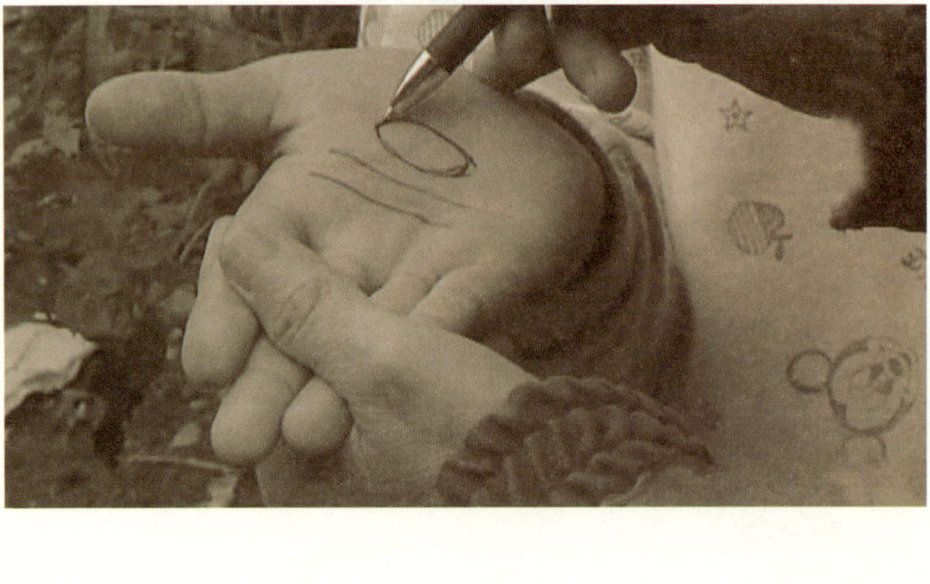

抓现行。“功夫不负有心人”，没多久，她就“渐入佳境”，能从人流中看出谁可能是小偷，并且真的抓住了一个“现行”。当小偷跪地求饶，失主感激涕零之时，一种成就感油然而生。

自此，张业爱迷上了抓小偷。

装聋作哑，独闯贼窝

转眼已是1998年夏天。一个星期天的早晨，张业爱的儿子马超见妈妈去“买菜”，就纠缠着，要跟妈妈一起去。张业爱说买菜是假，去抓贼是真，当然不想带儿子去。儿子见妈妈拒绝，灵机一动，说：“妈，我知道你要去抓贼，我不怕，我要做你的鸡毛信，有危险时我还可以给你报信呢。”张业爱一愣，感动地看着只有12岁的儿子，终于点了点头。她为儿子准备好乔装用的衣服、帽子、口罩、眼镜等物品，带着儿子一起去了菜市场。

星期天的菜市场人头攒动，分外热闹。根据反映，最近菜市场经常出现一些可疑的聋哑人，再联想到许多顾客都被偷，张业爱就重点观察聋哑人。围绕菜市场溜达了几圈，张业爱发现两个聋哑人行迹诡异，这两个人的目光总锁定在买菜人的口袋、手袋。不一会，两人想窃取一个中年妇女的布兜时被发现，匆匆地躲进人群；又过了一会儿，他们又想对一个老头的皮包行窃，也被发现，于是迅速闪进一条小巷子。如此再三，两个小偷始终没能得手，却被张业爱看了个一清二楚。

俗话说：“抓贼抓赃。”在小偷没有得手时，张业爱也不能出手。

否则会让小偷反咬一口。

张业爱搓搓手掌:可恶的小贼,看你们往哪儿跑!

两个可疑的聋哑人周旋于黄河道附近几个菜市场，作案均失败。从上午跟踪到下午3点多，两个小偷突然没了踪迹，张业爱心急如焚。如今已追踪小偷跑了大概80公里路了，绝对不能半途而废！她想，这两人并没有发现被跟踪，之所以突然失踪，肯定是他们就住在附近。是回住处了，而不是刻意藏了。于是她抖擞精神，拖着疲惫不堪的儿子，四处询问附近是否有聋哑人居住……

有人问：“你找聋哑人干什么？”

张业爱说：“我的大儿子走失了，有人说他跟着一伙聋哑人，所以我就专找聋哑人。”

这人说：“那边有处房子，住着一伙聋哑人。可是，依我看，这伙人不太地道。”

张业爱心中窃喜：我找的，就是不太地道的聋哑人！

张业爱抓贼几年，已经比较老到，她吩咐儿子藏身在草垛中，并在他手中写出“110”的字样，嘱咐说：“我扮聋哑人进去打探，要是很久不回来，你就去找家农户拨打110报警，千万不要与陌生人说话。如果有情况，你也装作聋哑人。”

儿子懂事地点点头。

张业爱捋捋思绪，整好衣装，将包裹塞给草垛中的儿子，走向贼窝。

“咚、咚、咚……”

门开了一条小缝，一个面目狰狞的中年男子警惕地打量着她。张业爱用哑语比划："我儿子前几天走丢了，听说这住几个聋哑孩子，请问我能否进去看看？"不等男子允许，她已挤身进入门中，借口找孩子，把院落和几个房间串了一遍。此院有东屋、南屋。南屋正厅一角整齐摆放着十几个饭碗；一行牙刷牙缸，东屋大概是聋哑儿的卧室，被褥叠四方四角，鞋子也摆放有序。张业爱暗地寻思：这儿只有那中年男子会说话，肯定是贼头；从这儿的总体规模看，肯定是有规模、有组织的盗窃犯罪团伙。

而此刻，那男子似乎有所察觉，挽留她说："既然你没找到你儿子，天色也晚了，吃顿便饭再走吧！"随着那男子的眼色，几个聋哑孩子分别把守住了门口。张业爱打了个冷战，思绪飞快地旋转着：宴无好宴。她清楚黑道上的贼头请我吃饭，那可是要我的命。不行，儿子还在

外面，我得赶紧脱身。

那男子也不是等闲之辈，一直与张业爱纠缠了两个多小时，就不让她走。张业爱突然心出一计，比划道："我是带小儿子来找大儿子的，现在小儿子就藏在门外的草垛中，你要是不信，出门跟我看看就是了！"

那贼头愣了一下，闪开半个身子，让张业爱出门，同时带领五个聋哑孩子紧跟在张业爱身后。

来到草垛前，张业爱掀起草，把儿子拽出来，拍打着儿子身上的杂草。

儿子见到妈妈与几个面容不善的人一起出来，机灵的用手语打道："妈妈，几点了，我都饿了，快带我回家睡觉吧……"

那贼头见状，很不耐烦地把张业爱母子轰出了村子。

张业爱把贼窝的具体位置在心中默记了好几遍，带着儿子去派出所报案。第二天，在张业爱的协助下，警方一举端掉了这个由13个人组成的流窜盗窃团伙的老窝。

门前报捷，“后院”失火

经审讯核查，这个团伙流窜数省，作案频频，只因是聋哑人而逃脱多次。张业爱功劳巨大，警方特地向她发了奖状。

但这奖状，却被张业爱悄悄藏了起来。

原来，张业爱抓贼数年，名声鹊起，但在家中，还是“地下工作者”。因为担心她的安全，老父亲一直对她抓贼有看法，出于同样的原因，她的丈夫老马也反对她抓贼。老马说：“咱们两口子都下岗了，家里又不是钱多得花不了，这么多可以挣钱的活你不干，偏去抓贼，万一有个三长两短，就算你不在乎，就算我不疼你，孩子怎么办？咱这个家怎么办？”

张业爱知道丈夫是关心自己、心疼自己、关心这个家。可想想被偷的人的眼泪，想想小偷的可恶，张业爱又割舍不掉自己的“事业”，于是只好处于半地下状态。为了阻止妻子抓贼，老马想了不少办法，他拔掉自行车的气门芯，让张业爱没有代步工具，张业爱便买新的装上继续出去抓贼；他把自行车轮子卸下来，扛着去上班，张业爱就步行出门，照样抓贼。他把妻子锁在家中，张业爱便卸下窗玻璃抽掉防盗铁棍钻出来，还去抓贼；道高一尺，魔高一丈，抽刀断水水更流，丈夫到底是阻止不了张业爱与贼为敌，只好睁一只眼闭一只眼。

但这一次，老马见妻子与儿子很晚才回家，母子俩都疲惫不堪，特别是儿子，头发上有草屑，还掉了一只鞋，便心生怀疑。他用两块糖诱骗儿子说出了实情。听说妻子居然带着儿子闯贼窝，冒这么大的风险，老马的火一下子上来了，好家伙，越来越不靠谱了，自己冒险还不算，还要再搭上儿子，这日子没法过了，他找出结婚证，嗤嗤两下，两个结婚证都撕毁了，他把撕毁了的结婚证往张业爱面前一扔，要与张业爱离婚！

张业爱心知肚明，丈夫疼孩子，爱这个家，对自己也是情深似海，撕结婚证，打离婚不过一时气急了而为，不会是真的。再想想，自己带着儿子跟踪小偷是有些危险，也难怪丈夫发火。于是，周一到周五，张业爱提都不提离婚的事，到了周六一大早，张业爱便拉着丈夫去民政局离婚。到了一问，人家不上班，只好回来。其实，张业爱早打听清楚了。

离婚的事，僵持了半年，最后不了了之。

四封遗书，无限真情

张业爱抓贼10年，共擒贼300多人，其中包括体形彪悍的贼人30多个，向警方提供重要线索180多条，协助警方侦破重大案件50多起。

张业爱身短体瘦，如何能擒住一个个心狠手辣的彪形大汉、亡命之徒？原来，张业爱小时曾习过武，会武功。再说，毕竟邪不压正。歹人有时挥舞凶器，看上去气势汹汹，其实心虚得很。每当把一个个一米八以上的汉子踢倒在地，张业爱都会觉得豪气万丈。

但毕竟也有吃亏的时候。有一次张业爱看见一个毛贼在盗窃一辆电动车，抓了个正着。这时，歹徒从包里抽出一卷报纸，张业爱稍有疏忽，没想到报纸里还藏有一把利刀。利刀向张业爱挥来时，出于防御本能，张业爱用左臂一挡，结果被划了一条深深的沟，鲜血直流，治了一个多月，留下了一条长长的刀疤。

有的贼出狱后感激张业爱：“**我因一念之差做了贼，感谢您抓了我，给我重新做人的机会，以后我再也不会做伤害别人的事了。**”

但更多的贼被抓后怀恨在心，放出狠话，威胁张业爱及其家人，特别是威胁她的儿子。

面对种种威胁，张业爱坦然得很，早在1998年，张业爱便写下了四封遗书，分别写给父亲、丈夫、儿子和社会：

父亲：女儿不孝，但是父亲会为女儿的所作所为感到自豪。

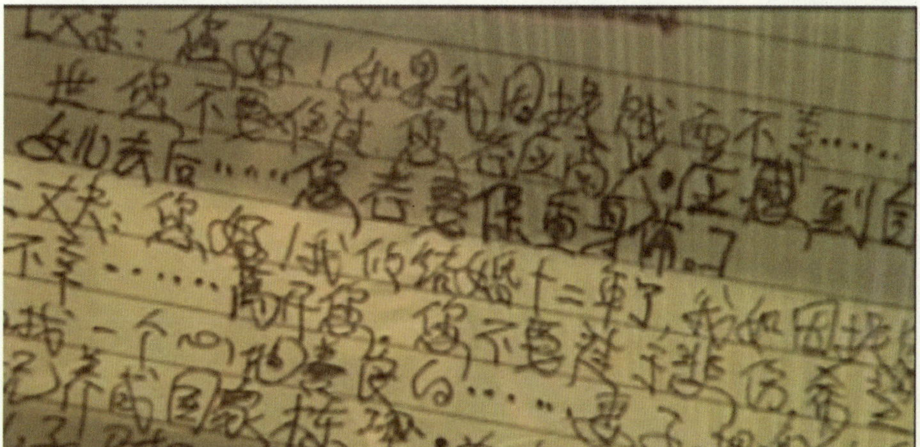

丈夫：我死后不要悲伤，找个贤惠的妻子照顾你和儿子，把儿子培养成国家的栋梁。

儿子：努力学习，报效社会。

社会：无偿捐献身体的有用器官，最后为社会献出一点微薄之力。

母子并肩，丈夫理解

回头再说马超，自跟随母亲抓贼以来，马超缠着母亲教他抓贼、教他习武。如今马超也已略懂武艺，抓贼技巧也大有长进，已擒获贼子几十名，协助警方破获多起重大案件，成为张业爱的好帮手。

日久年深，丈夫老马深切体会到抓贼的艰险，也感受到妻子和儿子从事的是正义之举。他主动承担起家务，饭桌上，一家三口讨论抓贼已

成为家常便饭。

记者前往采访张业爱时，她正准备同儿子一起出去“溜达溜达”。问她最大的愿望是什么，她说：“抓贼抓到天下无贼！”

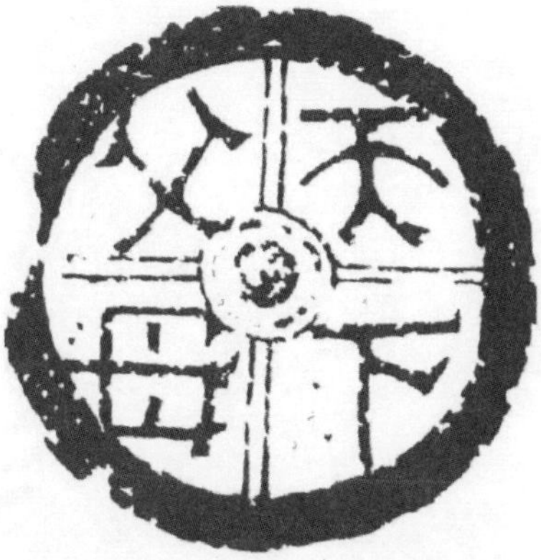

点 评

“平民警察”“布衣侦探”。人间奇女子，世上真伟男！

伸张正义的力量，捍卫诚信的尊严，把安危置之度外，将安定挂在心间。只要心有“真、善、美”一刻，就难容“假、恶、丑”一天。

相信天下会无贼，祝愿好人永平安！

十五

下岗女工举债医治被弃聋儿

徐霞

她可以走开，贫困可以成为理由；她可以放弃，血缘可以成为借口，可当她决定留下的那一霎那，母爱就改变了一个聋儿一生的命运。面对这份“天赐”的亲情，她用温暖的怀抱做出了最令人敬佩的选择。

演播室里最活泼最开心的小男孩儿

红色T恤衫，黄色裤子，如果不是那一头黑亮的短发，没准你会误认为他是少林寺里跑出来的小和尚。这小家伙，滴溜着一双大眼睛，十分活泼可爱。来到摄影棚，面对五台摄像机和百十号工作人员、观众，却一点儿也不拘束，该怎么玩还怎么玩、该怎么乐还怎么乐。无奈，导演给他一支笔和一页纸，让他安静地坐在观众席的一个角落，但他没写了几个字，就又手舞足蹈了。突然，他看到大屏幕上播放他背诵儿歌的短片："小白兔，白又白，两只耳朵竖起来，爱吃萝卜爱吃菜，蹦蹦跳跳真可爱。"他只专注地看了一秒钟，就站起身子左手指着屏幕喊："咳！——"

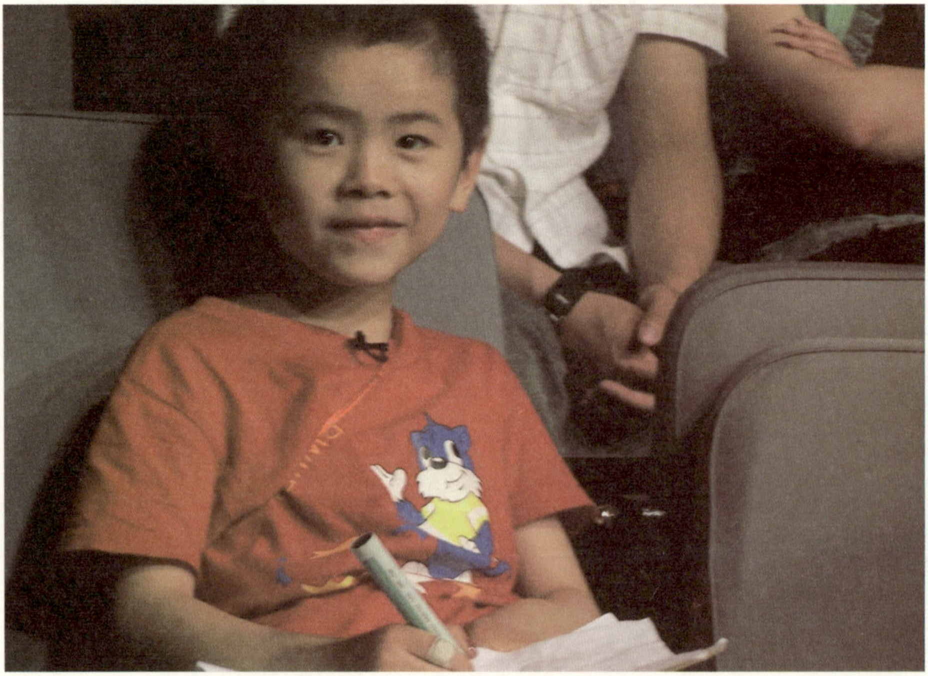

终于，该他上场了，他把笔和纸一扔，连蹦带跳地跑上了台，一头扎进妈妈怀里……惹得全场观众又是鼓掌又是哄笑，连主持人也绷不住了。

身世却是如此的不幸

但是，有谁能想得到，这个名叫天赐的6岁男孩，却有一段极其不幸的人生经历呢？

生下仅仅四天，他就被亲生父母遗弃在医院里。也许，我们不该谴责这一对年轻的父母，因为我们无法理解他们为什么把这样一个漂亮的男婴遗弃。也许他们有无法言说的苦衷。但这的确是孩子的不幸。

一个好心而且富有的人收养了他。他每月出500元为这个孩子雇了个保姆。这个保姆叫徐霞，是个下岗女工。

好心人没有说孩子是收养的。而且，由于家里正在搞装修，忙得一塌糊涂，提出让小男孩先住到徐霞家，说反正孩子的妈妈“不能喂奶”，他们每周到徐霞家看看孩子，给孩子送些奶粉什么的。这显然是一个不寻常的建议。徐霞和丈夫商量了一下，尽管有些踌躇，最后还是同意了。因为丈夫也下了岗，家中生活很困难，对于这样一份收入当然很看重。他们只是觉得有些奇怪，自己的孩子却养在别人家，一般人是舍不得的。有钱人就是与咱们不一样，他们这样想。

带回家一个出生才几天的孩子，工作量是很大的，喂牛奶、把尿、擦洗，冷了、热了，比当一回妈妈还辛苦。徐霞是个负责的女人，她的丈夫张勇也是个很有责任心的男人。拿了人家的钱就得真心实意地为人家做事。这是起码的。所以他们对小男孩很好。孩子健康地成长，越长越漂亮。好心人夫妇很满意。

日子过得飞快，转眼间孩子出生100天了。按中国的风俗，要给孩子过“百岁”，好心人夫妇到徐霞家抱了孩子到照相馆照相。徐霞当然也跟着。三个多月下来，孩子对徐霞已经有了感情，认她不认别人。是徐霞把孩子抱到照相馆的。这让好心人夫妇有些不是滋味。他们甚至后悔当初把孩子寄养在保姆家。

三个大人把孩子在小圈椅上安顿好，摄影师拿起小拨浪鼓逗引孩子，可孩子没有反应，根本不往摄影师那儿看。摇了好几次都是这样。摄影师放下拨浪鼓来到孩子跟前又逗了孩子一阵，疑惑地说：“这孩子耳朵有毛病？”

说者也许无心，听者却很留意，孩子的“父母”互相对视了一下，也参与对孩子的“考察”之中，果然发现孩子听不到什么。比起孩子的“父母”，徐霞似乎更心急，也说不上是出于对孩子的疼爱还是对主人家的负责。这可不是小事，三个人立即抱起孩子来到医院。

诊断结果很残酷：孩子是先天性失聪！医生还告诉他们：“孩子生下来，最初的几天是没有听力的，所以很容易被忽视。”

一开始，好心人夫妇还希望能给孩子治疗。他们找到一家自称能治好的诊所，拿了几大包药，孩子吃了，却一点也不见效。到大医院一问，才知道这种病根本不能用药治，得带助听器，进行语言训练，麻烦得很。这样一来，好心人夫妇失望了，才说这孩子本来就是抱养的，他们不打算养了。徐霞夫妇这才知道孩子的身世。好心人说，抱养时也不知是残疾孩子（按医生的解释，孩子的亲生父母也不知道孩子是先天失聪）。现在亲戚朋友们都知道孩子的情况，都笑话他们，说他们有钱烧的，好好的找什么累受，他们承受不了压力，不想再养了。徐霞看着怀中天真可爱的孩子，百感交集，一股难舍之情涌上心头，但孩子是人家抱养的，还是要听人家的，就算不要了，也要给孩子找个好的归宿呀。她说："这样吧，我先带着，你们给他找到好地方再送出去。"好心人夫妇觉得这是最佳方案，同意了。

好心人有个朋友在上海，就托他联系上海的孤儿院。但这事也挺麻烦的，手续挺复杂，一直没送进去。这一拖就是一年多。这期间，徐霞和张勇夫妇的内心特别矛盾。送出去舍不得。不送吧没有能力养。很无奈。他们为孩子制作了脚丫印，写上孩子的生日。张勇还写了一封信，信是写给孩子的，说："孩子，我们抚养你一年多，非常喜欢你，但你

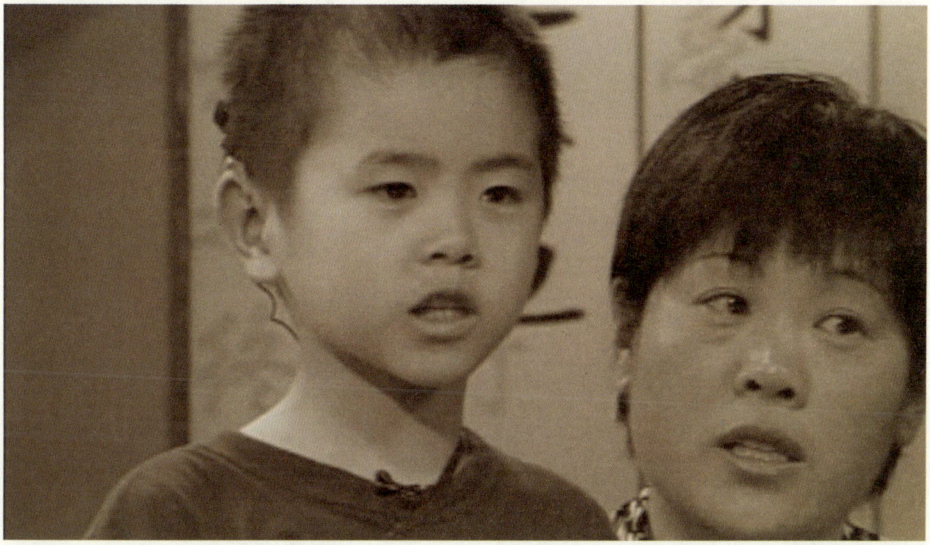

毕竟是寄养在我们家的，我们无权也无力养你，只好送你到孤儿院去。希望你理解我们，原谅我们，盼望你长大了有出息。”夫妻两个把这些都包在一个布包里，准备给孩子随身带着。

说来这孩子也真是“命运多舛”，那个联系福利院的上海朋友竟然不幸出了车祸，去世了。送孩子去上海福利院的事也就夭折了。

从此，孩子的养父母就不再与徐霞一家联系了。在这之前，孩子的保姆费、营养品也逐渐变得不正常，从越来越少到完全停止了。

徐霞和张勇面临着两难的选择。

偏偏是最不具备收养条件的一家人收养了他

最简单也最“合理”的做法就是送出去。因为这不是他们抱养的，他们只是受人之托，替人家看孩子，再说，他们两口子都下岗了，自己

生活都很困难，哪里有条件收养孩子？再说他们自己有孩子，而且是个儿子，已经当兵入伍了，根本不符合收养孩子的条件。邻居们听说他们想留下这个聋孩子，说什么的都有：这不是没事找事吗？他们是没儿子呀还是钱多得花不了呀？

但是，一年的抚养，却使他们与这个孩子结下了不解之缘。他们实在舍不得让这个孩子离开，也可以说，他们离不开这个孩子了。最后他们在一片不解和反对声中，决定收养这个孩子。并且把孩子改名为张天赐。他们说："这个孩子是上天赐给我们的宝贝，我们要好好珍惜。"

在坚决支持他们收养孩子的人中，有张勇的姐姐张霞夫妇。这也是由于缘分。当时，就是张霞介绍徐霞当保姆，才有了两家人与这个孩子的缘分。在这一年多中，张霞夫妇也经常来帮着徐霞夫妇照顾这孩子，特别是孩子查出先天失聪后发生的一连串变故，张霞与徐霞一同忧虑，一同难过，一同出主意，当徐霞夫妇因养育这个孩子揭不开锅时，他们及时给予经济上的支持，最后他们与徐霞夫妇一齐做出了留下这个孩子的决定。

当然，家中也不是没有不同的声音。徐霞的儿子张亚男就有不同的看法。当父母亲就收养孩子一事通过电话与他商量时，他先是吃惊，继而说："你们都下岗，我在部队没收入，家里这么困难，为什么还要收养孩子呢？再说，以后我还要找对象，一打听咱们家还有个残疾孩子，影响也不好。"徐霞对儿子说："你年龄还小，不要考虑这么多。这事由我们来决定。"这样一说，儿子也就不说什么了。过了不久，他还利用探亲假专门回来看"小弟弟"呢。

也许真是天赐给徐霞一家带来了好运，也许是他们的好心感动了有关部门的领导，当地烟草公司决定聘用张勇为业务员。丈夫的二次就业使徐霞一家摆脱了经济的窘迫。

小天赐一开始是戴上助听器进行康复训练。光是训练费一个月就要300元钱，而且还要补充营养，这对于徐霞一家来说，是很大的负担。但是全家人都觉得非常应该，全家人在生活中，一分钱都恨不得掰成两半花，可为了让小天赐过得健康快乐，该花的钱从来不犹豫，包括给他买玩具。在这个贫困的家庭中，小天赐过得富足而幸福。当然，小天赐也给全家带来了欢乐。

全家举债十多万元，为孩子安装电子耳蜗

当徐霞和张勇听说有一种叫做电子耳蜗的新产品，效果比助听器要好得多，戴上电子耳蜗，再经过科学的训练，可以使失聪儿童基本上与正常的孩子没什么差别，他们欣喜若狂，立即四处打听，可是，当他们听说连购买加手术费需要将近20万元钱时，他们几乎惊呆了。

20万元，对于他们来说，实在是个天文数字！包括张霞夫妇，都陷入了给小天赐装不装电子耳蜗的矛盾之中。最后，他们做出的决定是：借钱也要给孩子装！

他们想，钱是人挣的，生不带来死不带走。先借下，再慢慢还债。而如果不装，天赐错过了最佳年龄，就没有机会了。

在张霞的联系下，好心人夫妇为天赐掏出了3万元钱。这是很值得

赞赏的义举！本来，他们先是好心地收养了小天赐，出钱出物请人抚养他，又曾想为他治疗，只是在治疗无望的情况下，迫于舆论的压力，才无奈地放弃了这个孩子。对于放弃，其实他们也是很痛苦的，当初决定送上海孤儿院时，他们就曾专门跑来，抱了孩子一整天！现在，已经没什么责任的他们，又掏出了3万元。

连张勇的儿子听说这事，也表示支持，他说："先借吧，咱们既然收养了，就得对他负责。等我参加了工作挣了钱咱们慢慢地还。""两霞"的父母、亲戚朋友，听说要为孩子治疗，都伸出了援助之手，有的是捐助，有的是借，20万元钱居然凑起来了。小天赐顺利地安装上了电子耳蜗。为了配合孩子康复训练，40多岁的徐霞现在克服困难学说普通话。医院的大夫也被感动了。他们说："这些年来，我们做了1000多例电子耳蜗植入手术，给非亲生的孩子安，这是头一例！"

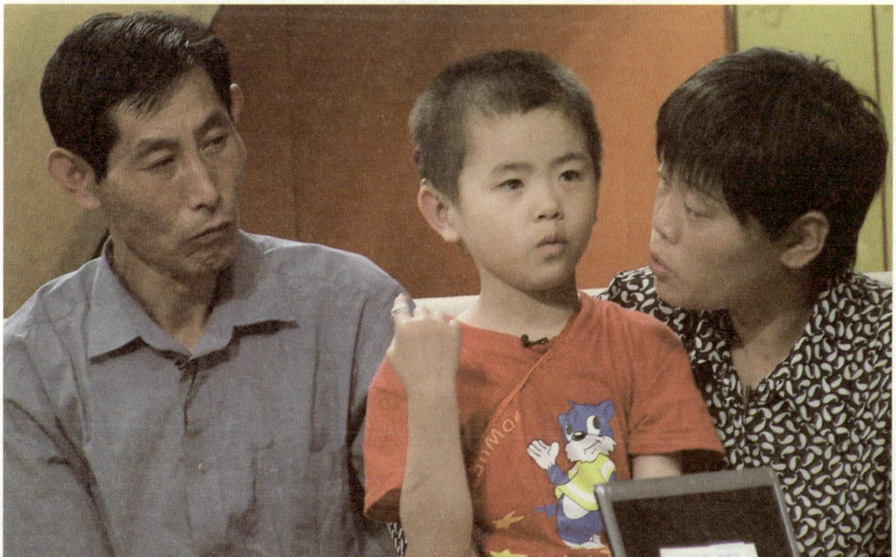

小天赐的幸福生活

张天赐跑上台后，不等主持人问，就兴奋地说："天——安门！天坛！"然后说："妈妈、爸爸、姑姑，都好！"

主持人请他背诵古诗，他张口就来："慈母手中线，游子身上衣，临行密密缝，意恐迟迟归。窗前明月光，疑是地上霜，举头望明月，低头思故乡……"背了古诗又背儿歌，还有算术口诀"一加一等于二……"若不是妈妈再三劝说，他也许要一直背下去。观众报以热烈的掌声，和饱含苦涩的笑，因为小天赐发音极不准确，若不是妈妈和主持人解释，大多数情况下大家根本听不出他背的是什么。

妈妈、爸爸和姑姑张霞说，小天赐虽然才6岁，但非常懂事，甚至可以说是很会关心人、体贴人。妈妈生病时，他一直守在床前，输液时，

他把妈妈的手摊平放好；妈妈有头痛的毛病，如果犯了，他就倒上水拿来药，催促妈妈吃下。爸爸下班，他马上拿来拖鞋给爸爸换，看到爸爸在沙发躺下，马上拿来毯子什么的盖在爸爸身上。

他对姑姑也特别好。到下班时间，就到门口接姑姑。吃饭时给姑姑盛饭。他还懂得照顾奶奶，奶奶要站起，他就赶紧跑去搀扶，还拿来拐杖："奶奶，拿着，（不要）摔倒！"徐霞和张勇说："我们无怨无悔。只希望他健康成长，能正常上学。不存在其他任何想法。"

让我们衷心祝福小天赐

节目进行到最后，出现了一个高潮：曾在《天下父母》做过嘉宾的南京华奥聋耳康复中心主任陈卉女士突然出现在台上。她对徐霞、张勇和张霞说，她愿意免费为孩子进行康复训练。她动情地说："你们对天赐的爱超过了我的母爱。从6月份开始，我无偿地帮助天赐康复。我有这个能力帮助你们，希望你们接纳。"喜出望外的徐霞夫妇和张霞紧紧地握住陈卉的手，说不出心中的感激之情，已经跑下台的小天赐又跑上来，与陈卉阿姨亲密拥抱。

原来，这是《天下父母》栏目组和南京华奥聋耳康复中心送给张天赐和他的家人的一份礼物。得知小天赐的传奇经历和他的亲人的感人故事后，栏目组的同志们都被感动了，陈卉也被感动了，他们决定共同帮助小天赐尽快康复，早日上学。

让我们和他的父母、亲人一起，真诚地祝福他！

点评

生身父母遗弃，抱养者放弃，只有徐霞接了下来，接下来的不光是一个先天耳聋的婴儿，还有人心的误解，生活的压力。接过来就不言再次遗弃，更不言对治疗放弃，在他们的心中，遗弃和放弃意味着背信弃义，意味着良心泯灭，难对天地。

别人看来是受罪，是拖累，徐霞夫妇看来却是难得的机缘，天赐的宝贝。一念之差，仁俗立显，善恶自分。一双底层的平民，一对高洁的天使。一个幸福的家庭，一段不凡的人生！

十六

选择做中国大地上努力成长的树

沙拉

作为一个犹太人后裔，她为什么不选择回国，而是留在中国呢？每次当别人问起她，沙拉总是回答得很简单，我在以报恩的心情帮助中国人，因为中国人民曾经帮助了我的父亲。如今，回想起几十年，她最欣慰的就是完成了父亲的心愿。她在这种给予中自己也感觉到了快乐，在朴实当中能够看到她这种思想道德的升华。

在讲述这个故事之前，先让我们读一段一个外国人写的诗：

其实我可以选择阿尔卑斯
在那儿可以缅怀我的先父
其实我可以选择耶路撒冷
在那儿可以祭奠我的宗祖
但我选择中国
选择做中国大地上
那一棵努力成长的树
……

写下这些激情澎湃的诗句的，是60多岁的以色列人沙拉·伊麦斯女士。也许，你的第一感觉是惊叹于她汉语的精通。其实，她本来就是在中国长大的，直到41岁才回到以色列。而在以色列生活了11年之后，她又回到了魂牵梦绕的中国上海并定居。56年来，甚至，早在她出生之前，围绕着她，就有许许多多的故事。

让我们走近沙拉，通过她的故事，感受她的精神世界。

她出生在中国，生活却充满坎坷

20世纪三四十年代，为了躲避德国纳粹的大屠杀，大批犹太人开始逃亡。但是，迫于德国纳粹的压力，许多国家不愿意容留犹太难民，于是他们一路流浪，最终来到中国的上海。当时，上海是世界上唯一不拒绝犹太人的大都市。在世界各地，只有上海是唯一不用签证和官方文件就能入境的地方，它被犹太人称为“东方的诺亚方舟”。在这次流亡大潮中，沙拉的父亲伊迈斯也来到上海，与一个中国女子结婚生子并过上了平静的生活。

1950年，沙拉出生于上海。

相对于她的父亲，她没有经历过战争的残酷、死亡的恐怖、逃亡的艰辛。但是，她的生活也注定充满坎坷，特别是在婚姻上，充满不幸。

沙拉曾拥有被四个佣人伺候的童年。犹太人善于经商，精于挣钱，沙拉小时候家里很富裕。不但住着花园洋房，还有四个佣人伺候她。沙拉1岁时，母亲改嫁了。虽然没有享受到母爱，但在父亲的呵护下，她还是度过了无忧无虑的童年。12岁时，父亲因病去世。从那时起，沙拉开始了独立生活。

出生在20世纪50年代初，就不可避免地与多灾多难的那一代人为伍。无依无靠的她，唯一的出路就是嫁人。不久，她遇到了一个心仪的男人。然而，刚刚结婚，却有另一个女人找上门来。善良的她挣扎着结束了自己的第一段婚姻。短暂的婚姻给她留下了一个儿子，当她再婚后，她的第二任丈夫始终不肯接受这个儿子，沙拉在痛苦和矛盾中煎熬了10年，决定再次离开。

婚姻似乎总是在捉弄她。沙拉先后结了三次婚，而三个丈夫分别留给她1个孩子后，都离她而去。这三个孩子是两个儿子、一个女儿。

为了逃避，决定回到以色列

1991年，中以正式建交。这给住在中国的犹太人后裔提供了回到以色列的可能。第二年，即1992年，沙拉决定回到以色列。因为在上海，满眼都是痛苦的回忆。为了逃避，沙拉成为第一批回到以色列的犹太后裔。

但以色列并不是她理想中幸福而温馨的天堂。

那时，以色列和巴勒斯坦打得正凶，几乎每天都有爆炸声。大部分时间，人们都躲在防空洞里。沙拉与当地人一样，每天随身带两根橡皮绳，一根长一点，一根短一点。如果碰到炸弹，受了伤，可以用来绑住大动脉，用这种方式自救或帮助别人。但这还不是最主要的，最主要的是来自心灵的失落。

以色列处于地中海东岸，气候闷热，而且，远不如沙拉想象当中那么繁华。下飞机以后冷冷清清的，检查人员也非常严格。更令她伤心的是，第一次把美金兑换成以色列币谢克尔、第一次向出租车司机缴费，就被同胞们坑得很惨。回到祖国的第一堂课给了她一个不愉快的信号，这就是她渴望已久的祖国吗？这就是与她有着同样血脉的同胞吗？她失落、心酸，满腔的热情被困惑取代，所有打开的心房都缩紧了。她有一种被当做外乡人欺负的感觉。

接下来的另一件事，再次促进了她经济头脑的转变。

为了尽快学会希伯来语，沙拉带着小本子，随时学习、记录。有一次，她借到一盘希伯来语和汉语互译的磁带，非常实用，但这种磁带只有机场才出售。机场很远，于是她买了空白磁带拜托邻居女孩的男朋友帮她复制一下，这种事，在中国是很正常的，她也经常这样帮助别人。没想到做完后，对方竟说需要收她20元钱。因为有过被坑的经历，沙位事先特意打听过，机场的原版磁带还附带一本书，一共只卖15元钱。当她询问为什么这么贵时，对方竟理直气壮地反问："我的时间不是钱吗？录音机没有损耗吗？我的劳动没有钱吗？所有东西加起来我才要了你20元钱！！"沙拉什么话也没有再说，给了他20元钱，然后恭恭敬敬地说："谢谢你，如果哪一天，我的以色列语学好了，我一定会成为一个富豪的妈妈。"

沙拉说，对于那些坑害你的人，你最好的做法就是过得比他们要好得多。

那时，沙拉的三个孩子都还小，老大以华13岁，老二杰瑞11岁，还不到打工的年龄，小女儿更小，才2岁。42岁的沙拉没有什么文化，怎么生活下去是最大的问题。孩子们穿的都是垃圾堆旁捡来的衣服。以色列人会把他们不要的旧衣服洗干净，熨平，喷上香水，叠得整整齐齐，放在垃圾筒边上，买不起衣服的穷人就去捡来穿。孩子们最初几年穿的衣服都是捡来的。

单靠救济显然是不行的，这不能长久，也不符合沙拉的性格。她想起以前在上海菜市场，看到老太太做春卷皮，就想通过卖春卷生存。她就到超市买回几斤面粉，到市场买回各种蔬菜，回家琢磨。前前后后大概糟蹋了两三斤面粉，沙拉终于做出了第一张春卷皮，她拿着春卷请邻居们品尝，得到邻居们的一致好评。她高兴得就像中了大奖。1谢克尔兑换人民币2元钱，1谢克尔等于100雅戈洛。当时一个春卷可以卖一个谢克尔，也就是人民币2元钱，她一个月大约能卖1000美金。

她开了一间家庭作坊，做、卖春卷。

在中国长大的孩子们都很懂事，知道体贴妈妈。沙拉做春卷，孩子们也都帮着干。为了让孩子们适应以色列以经济为前提的生存方式，沙拉决定在家里实行有偿生活机制：干活有报酬、卖春卷有提成，吃饭、洗衣要付费。孩子们都非常高兴，因为这意味着他们将会有自己的收入。

每天早上3点，老大以华就起来做春卷，做一个提成一毛钱。老二杰瑞外交能力强，负责卖，他6点出去卖，卖一个提成两毛钱。到了8点两个孩子再背着书包去上学。老二会在上学路上顺便去给客人送春卷。如果碰到有人开PARTY，就能一下子卖出50～100个，当然也会碰到吃了不给钱的。遇到这种情况，老二就会一直跟着不给钱的客人，直到要到钱为止。为了防止作弊，老二自己在路上是不能吃春卷的，再饿也不能吃，要吃只能回家吃，这是事先就商量好的。两岁的女儿也帮着妈妈干力所能及的活，而且干得津津有味。

以色列的生存环境也在教育着孩子们。沙拉教孩子们把从中国带去的糖果分给邻居小孩。作为交换，对方要教孩子们希伯来语。在以色列，任何东西都是有偿的，甚至包括“助人为乐”。

当大儿子以华攒了一笔钱后，首先想到的是买一辆自行车，邻居的孩子说他的一个朋友正好有一辆要卖，价格是150元。但在交接时，邻居的孩子却让以华留在马路这边，他自己到马路对面去交钱、推回自行车。后来有一天，以华碰到自行车原来的主人，他告诉以华：“这辆车当时是100元钱卖给那个邻居孩子的。”也就是说邻居的孩子从中过了一手，赚了以华50元钱。这件事情给了以华非常大的伤害。孩子回来问沙拉："妈妈，我们不是朋友吗？为什么他要赚我的钱呢？"沙拉告诉以华："这就是以色列，不是中国。在以色列，就得适应这儿的生存法则。你不要去找他，也没有必要生气。你要做的，就是生活得比他更好。还应该感谢他教育了你。"类似的事情还有很多，比如在中国，向同学借一本书那是再平常不过的事了，可是在以色列，当沙拉的孩子向同学借来书看后，再还，同学却不要了，同学说："你把书看旧了，你必须按书的价格买下来。"孩子委屈得很，回家向沙拉倾诉，沙拉告诉孩子："没事，你就按他说的办，把书买下来好了。"

生存逼迫沙拉改变自己，也促使她思考。一开始，她完全按中国母亲的思维办事。对孩子比较溺爱，事无巨细地帮助和呵护孩子。以色列有一个月是雨季，天天下雨。早晨，沙拉早早起床，为孩子们做饭，然后先把小女儿送到托儿所，再送两个儿子去上学。沙拉身上背着两个书包、两双鞋、两条毛巾，把孩子送到学校门口，孩子们搭着妈妈的肩，把湿了的鞋子换下来，穿上妈妈提着的干鞋子，沙拉提着两双湿鞋子回家，用吹风机吹干，预备孩子中午回来再换。所有的以色列孩子都以羡慕和不可思议的眼光看着他们母子三个做这一切。

孩子们放学了，沙拉会放下春卷和顾客，先去照应孩子。隔壁老太太对她说："哪有这样的？赚钱第一啊，你生意在旁边不做，先管孩子吃，孩子晚吃一小会儿会饿死吗？有客人在，你应该先照应客人！"

一开始沙拉觉得难以接受。爱孩子还有错吗？但过后她想通了。孩子永远是自己的，客人跑了就丢掉了生意。做事要有先有后，自己的孩子回家再说，把客人先安顿好。生意好了，孩子们的成长和教育才会有经济基础。同时，她也反思自己对于孩子事无巨细的照顾，开始注意培养孩子的自理、自立能力，教育孩子懂得感恩。

让孩子到中国接受最优秀的教育

沙拉把中国式的教育与以色列式的教育融和起来，在她的教育下，孩子们既有以色列人赚钱的精明，也有中国人的诚恳和宽容，在同学中

出类拔萃。

生活上，孩子们继承了中国妈妈的勤劳和节俭。因为他们知道金钱来之不易。一支牙膏用完了，用剪刀剪开，还可以用三天。能坐大巴绝不坐火车，能坐火车绝不坐飞机，花公司的钱、自己的钱都一样节约。在家中，他们懂得孝敬父母，有了自己的积蓄之后，他们主动地贴补家用，电话费、水费的账单，他们都悄悄支付。肥皂没有了，孩子们会买来新的。冰箱里的食物永远塞得满满的。

为了让孩子们接受最优秀的教育，沙拉让孩子们到中国读大学。以华15岁的时候，沙拉一方面开始为他联系中国学校，另一方面送他去面包房打工。按照她与孩子们的约定，孩子们必须自己挣够回中国读书的费用，妈妈不会为他们负担一分钱。

孩子们急于回中国读书，他们觉得卖春卷和打工挣钱的速度太慢了，于是开始发掘中国的资源。他们给以前在国内的小伙伴写信，把自己的积蓄寄给他们，让他们买一些有中国特色的商品，比如丝巾、中国结、扇子等等，寄到以色列。

老大和老二开始轮流在菜市场卖这些商品。当时中国浙江25元钱一条的丝巾，在以色列能卖250谢克尔。孩子们下午4点放学后就去市场摆摊，送点东西给市场的管理员。管理员会给他们一块小小的地方，孩子们铺上红布摆上商品，一直卖到下午6点。收摊后再去帮菜农搬运蔬菜，这样一小时又可以挣15谢克尔。最后，菜农还会送些卖剩的菜和水果给他们，孩子们就拿回家来做晚餐，这样又省了菜钱。

当老大在法律课上学习了移民法后，回家告诉妈妈，像他们这样的家庭应该可以去移民局领取安家费。沙拉半信半疑地去了，结果一下领回了12000谢克尔的安家费，这对他们来说可是一笔了不得的财产。老大说因为他提供了信息，应该付给他酬金。沙拉想想也对，就支付500谢克尔给他。他拿到钱后，给妈妈和弟弟妹妹都买了很漂亮的礼物。

沙拉用这笔安家费在特拉维夫开了一家中餐馆，可以同时容纳200人就餐。经营了三年，在餐馆最鼎盛时期把它卖掉了，这次的收获是5万美金。

当孩子们回到中国读书的时候，中以之间的贸易做得更频繁了。以色列最有名的产品就是钻石，杰瑞开始一点一点地积攒财富，到了一定时候就换成一颗小小的钻石，然后拿到中国来卖。那时候在中国的钻石圈里，几乎人人都知道杰瑞，他们叫他“小犹太”。

孩子们在中国读完大学，正好到了服兵役的年龄，兄弟俩先后回到以色列。在等待服兵役的日子里，老大去中餐馆打工，一个来吃饭的军人注意到他：“这个中国男孩子这么帅！”然后问以华在这里干什么？以华说在等着服兵役，军人很吃惊地问他：“你凭什么当兵啊？你会希伯来语吗？”以华说：“我会！”“那你会汉语吗？”“会，我还会日语和德语。”这时候才知道，那个人就是埃胡德·巴拉克，后来的以色列总理。巴拉克记下了以华的身份证号码，后来以华就进了以色列的国防部当上了政府官员。

孝顺的儿女让沙拉很欣慰

两个儿子服完兵役后，沙拉召集全家开了一个家庭会议。她说：“现在你们都已经是真正的男人了，要踏上社会，要为以色列去作贡献，同时也不要忘记母亲的祖国：中国。”她说：“我提一个条件，我挺想让你们每个人送我一样东西，但是这样东西要能够放在我的手上。”孩子们一个一个地猜，最后还是以华先猜出来了。他说：“好吧，妈妈，我知道你要什么。我会去做公务员，不会有太多的钱，我给你一把车钥匙吧。”杰瑞说：“妈妈，我也当完了兵，但是我会从商，我给你一把房门钥匙！”小女儿也跟着嚷嚷：“我是女人，我知道妈妈最喜欢首饰，我也给你一把钥匙，是首饰盒的钥匙，还放在保险箱里，我就给你保险箱的钥匙。”

现在前两把钥匙已经变成了现实，而且是超现实：沙拉的儿子们给她买了不止一辆好车，在以色列有豪宅，在上海也有一套豪宅。她手上的宝石戒指、腕上的钻石手链、劳

力士金表也是儿子们送给她的生日礼物。第三把钥匙随着小女儿长大成人，应该也已经不远了。

但是沙拉并不以自己拥有孩子给她的好车和豪宅为自豪，而是为孩子的成功而骄傲。她说："当时我跟孩子要的，不是房子，不是车子，我要的是他们坚定的决心，要让他们出人头地。我不给他们激励，他们不可能有动力。既然答应我了，就一定要做到，所以每个人都在拼命地奋斗。儿子奋斗中挣的第一桶金，先是给我买了这块劳力士金表，然后就商量怎么样给妈妈解决房子。如果我不这样要求他们，如果我不带他们到以色列，还在上海过安逸的生活，不经过磨炼和苦难，孩子绝对成不了千万富翁，成不了国防部的栋梁之材。"

二儿子杰瑞是以色列的钻石交易所一位很有名的销售商，但每天一下班吃了晚饭以后，换上白衬衣穿上黑裤子，到中餐馆打工去。到现在还这样，一直是这样。积累了一点钱以后，他就炒期货。尽管他已经是千万富翁了，但生活非常节俭。他的洗手间贴了一个纸条：不要忘了剪指甲。因为指甲特别硬，容易把袜子穿破。如果他的袜子破了，他不是扔掉，而是请妈妈帮他缝一下，继续穿。为了省钱，每次出门，杰瑞一定是带一瓶水，还要妈妈给他做个三明治带着，从不在外面吃饭。

大儿子是个官员，工资是每月1000多美金，业余时间做翻译，还给犹太人讲中国文化课。

两个儿子每个月每人给妈妈3000块钱人民币作为零花钱。

而沙拉，现在是上海市的政协委员，还经常做义工。她经常提醒孩子们，什么时候也不能忘记中国，不能忘记为中国作贡献。

早就听说犹太人是用敲击金币的声音迎接孩子的出世，赚钱是他们人生的终极目标。看了这个故事，对照中国妈妈们对孩子的教育，也许你能从中体会到一点什么。

附全诗

《选择中国》

其实我可以选择阿尔卑斯
在那儿可以缅怀我的先父
其实我可以选择耶路撒冷
在那儿可以祭奠我的宗祖
但我选择中国
选择做中国大地上
那一棵努力成长的树
我选择属鸡
因为雄鸡象征着中国的版图
我选择清晨出生
好第一眼看见东方明珠
我选择天琴座
想用自己的生命做琴弦
弹奏我对中国的情愫
我选择中国
把她化为我的慈母

选择骄傲与自豪做我的基因组

选择A型血 刚柔互补

选择黑眼睛黄皮肤做我的丈夫

选择开放的神州大地安家落户

与太阳一块儿凌云破雾

50年沧海风雨我走过

却置许多许多的选择于不顾

只选择女娲的这方泥土

让她塑造

中华民族的人格和风骨

展示上海在世界的气度

书写我们中国人的辉煌和进步

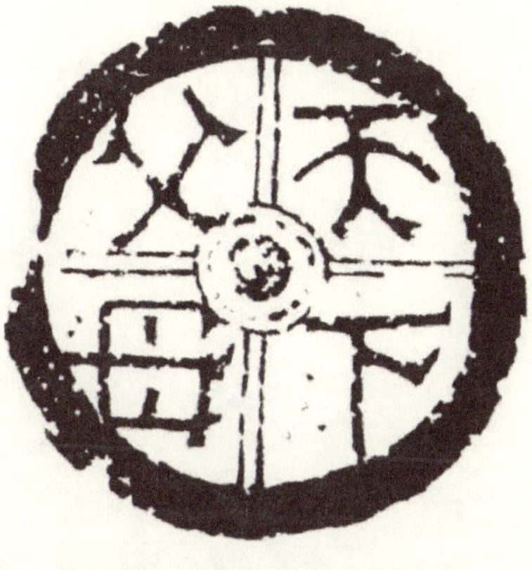

点评

沙拉是位天才的教育家，对自己、对子女人生方向的把握坚定而执著；沙拉是位天才的爱国诗人，丰富的情感缘于她对“祖国”二字理解得真切而深沉。东方文化的神韵丰满着这位“教育家”的情志，文明古国的智慧提升着这位“爱国诗人”的灵魂。

从中国来，到中国去，中国是命运的起点，中国是人生的归宿。选择中国，是赤子的忠诚；选择中国，是游子的信仰。选择中国，比一首抒情诗更动人，比两行相思泪更滚烫，比太阳和月亮更有思想的穿透力和智慧的光芒！

十七

一句承诺 一生尽责

张品正

一位无儿无女的百岁老人，却享尽人间亲情，这都亏了一个和老人没有任何血缘关系的“孙女”——张品正，30多年前的一个承诺把祖孙二人的命运紧紧联系在一起。30多年如一日，她喂老人吃饭、搂着老人睡觉，甚至带着老人“出嫁”，几次把老人从死神那里拽回。她这样做，只是为了履行父亲的教诲：滴水之恩，当涌泉相报。

时间是2006年12月27日下午。地点是通州区北苑一家不大的酒楼。大厅里布置好了鲜花、红地毯、生日蛋糕，一片红火与欢乐的气氛。但这又明显不是给一般的人庆寿，瞧，区委、街道、社区的领导都来了；妇联、老龄委的领导也来了；电视台、报社的记者来了。当生日歌唱起，一位中年妇女扶着一位老奶奶到主宾席落座时，宴会进入高潮，这位名叫金学珍的老人，今天已经100岁了。扶着她的是她的孙女，叫张品正。老寿星穿着特意准备的大红衣衫，安详的脸上露出微笑，双手抱拳，向来宾一一致意，乐得像个小孩儿。

然而，更让人们关注的，还不是金老太太100岁寿辰，而是她的孙女张品正。从1974年开始，张品正开始照料金奶奶，已经30多年了。她全心全意照顾金奶奶的事迹被媒体宣传后，张品正也成了一方名人，并被评为通州首届“公德之星”。

或许有读者要问，照顾自己的奶奶，不是应当的吗？怎么还评为“公德之星”呢？原来，张品正与金学珍老人非亲非故，硬要说渊源，还要从五十年前说起，金学珍与老伴曾是张家的房客。

金学珍的丈夫姓许，生前是通州区水泵厂的职工。20世纪50年代，金奶奶随丈夫从天津来到通州，租住在张家的房子里。两家都是厚道人，关系非常融洽。即使后来金奶奶搬走了，两家也是比邻而居，金学珍经常过来与张品正的妈妈拉家长，帮张家做些家务。再后来搬得远了，金学珍还是经常往张家跑，觉得与张家特别有缘。张品正的妈妈本来没有工作，全家人生活全靠张品正爸爸的工资，生活很不宽裕。1980年春节前夕，张品正的妈妈找到了一份临时工作，因为工作比较累，干了不多久，她就决定辞职。恰好金学珍来串门，说起这事儿，金学珍就建议她再坚持一个月，多挣一点儿钱，好让家里也稍微宽松点儿。张品正的妈妈听从了金奶奶的建议。然而，就因为多坚持了一个月，她的人生发生了戏剧性的变化，春节过后，单位领导让她填一张表，居然是临时工转正的登记表。在那个年代，能找一份正式工作是非常不容易的。有了正式工作，就相当于有了金饭碗，自己一辈子生老病死就有了保障，家里也增加了很大一部分收入，减少了负担。现在张品正的妈妈七十岁了，早已退休的她每月能领到1000元的退休金。她常对女儿说：“我能有这么安逸的后半生，全是因为你金奶奶当时建议我多干那一个月。你金奶奶对咱们家是有恩的。”父亲也经常教育张品正说：“受人滴水之恩，当涌泉相报。”

1974年9月9日，老伴去世后，终生未育的金奶奶失去了唯一的依靠，出殡时，张品正看到金奶奶死死拽着老伴的衣服跪倒在街头，哭得死去活来，“我一个人在世上是个无儿无女的绝户，你走了谁来管我呀！让我跟着你一起走吧！”撕心裂肺的恸哭让年仅19岁的张品正万分痛楚，“绝户”这两个字更是像刀子一样剜着她的心，她走上前，扶起金奶奶，坚定地说：“奶奶，您别哭了，许爷爷走了，我养您，以后我就是您的亲孙女！”

也许在别人看来，这只是特定情境中的安慰话，然而对张品正来说，这却是一个郑重的承诺，她将用一生的时间去实现着自己的诺言。从此，她就像照顾自己的亲奶奶一样，照顾起了金奶奶的饮食起居。她的两个弟弟和一个妹妹也都跟着姐姐学，只要有时间，就来陪金奶奶说话，帮金奶奶做家务。

年纪大了，免不了有这病那病的。金奶奶有高血压和心脏病。1979年11月，72岁的金奶奶心脏病发作，张品正和家人把金奶奶送到医院，但医院拒绝收治，医生对张品正说，没什么希望了，回家后，老人愿意吃什么给她买什么吧。张品正用三轮车把老人拉回家，老人坐都坐不起来，只能躺着，几天几夜不吃不喝，张品正不放弃，她搬到老人的住处，不论白天黑夜都陪着老人，一连找了好几个大夫给老人诊疗，但老人依然气若游丝，好像随时都可能撒手人寰。张品正听别人说，人死了以后，要趁尸体还温穿寿衣，如果凉了，胳膊腿都硬挺了，就连寿衣都穿不上了。她生怕老人断了气没人知道，就与老人一个被窝睡。还把一只手搭在老人身上，只要老人身子是温的，就说明老人没有去世。一夜过去了，老人呼吸平稳，又一夜过去了，老人居然睁了睁眼。经过张品正一段时间细心地照料，老人的病竟奇迹般地好了。事后张品正说：“整整一夜，我都没敢合眼，不停地去摸老人的体温和鼻息，生怕万一出事没人知道。”金奶奶病愈后自豪地对人说：“丫头对我这么好！我都要死的人了，她都不害怕，还能跟我睡一个被窝儿。就是亲生儿女，有几个能这样？”

从此，张品正就与金奶奶住到了一块儿。

张品正对金奶奶的照顾，可谓无微不至。日常生活就不用说了，金奶奶年轻时在密云区住了十多年，落下了脚冻疮的病，每年冬天都犯。不到农历十月，九月末，天还不怎么冷呢，她的脚上就生冻疮。为了不让老人犯冻疮，张品正天天晚上给老人烫脚，烫透了，擦净，抹上冻疮膏，用纱布包好，用橡皮胶粘一个十字，再穿上一双厚袜子。晚上睡觉这双袜子也不能脱。冬天，张品正都是给金奶奶买39号的棉鞋。老人是小脚，但套上两双厚袜子，或者一双棉袜子，就得穿39号的鞋了。这样日复一日，一直保持到第二年的三月底，春暖花开了，才算渡过一关。

1980年，经人介绍，张品正认识了男朋友高宝奎。两个人第一次约会是由介绍人安排的地方。张品正发现高宝奎虽不善言辞，但憨厚朴实，可以交往。第二天，高宝奎电话约她再见面时，她说下班后要到奶奶家去陪奶奶，高宝奎人憨心眼活，当即说那我在半路等你吧。这样，张品正就把刚认识的男朋友领到了金奶奶家。金奶奶是小脚，打水不方便，以往都是由张品正去井边挑水，井叫小井，实际上是一眼离地面不是太深的泉子，把桶拴上绳子，扔下去，荡满水，再提上来。不用说是小脚而且年纪大的金奶奶，就是年轻力壮的张品正，荡水时心里也挺不踏实，有点儿害怕。于是她宁可多走四五里路，从娘家挑水。“远路无轻载”，挑两桶水挑不动，就两只水桶都装半桶水。从与高宝奎第三次见面，张品正就挑着水往金奶奶家走，到了半路，高宝奎自然就接过扭杖。不挑水的时候，两个人就捡柴禾。路边恰好有个桃园，往常只要不挑水，张品正总要顺手捡点干树枝什么的，第二天给金奶奶烧炕做饭用。于是这也成为两个年轻的恋人约会的内容之一，即使是没有月亮，两个人摸着黑也要捡一些柴禾带到金奶奶家。到了金奶奶家，张品正忙前忙后地伺候金奶奶，高宝奎也不甘落后，久而久之，也就习惯了。到了两个人谈婚论嫁的关头，不用张品正提条件，高宝奎就主动说：“金奶奶离不了人照顾，咱们结婚后，把金奶奶接过来一块住。”

这样的小伙儿，张品正当然不会放过。

考验了一年，高宝奎顺利通过考验，把张品正娶回了家。婚礼结束后，小两口兑现诺言，真心实意去接金奶奶，可金奶奶在新房里总住不踏实，少则一个星期，多则半月，就闹着回自己的住处。张品正和高宝奎只好跑去照顾她。但是一件突发事件，使得金奶奶放弃了独住。

1981年的夏天，这时张品正已经怀孕了，学校放暑假，她在家休息，把金奶奶接了过来。晚上9点，金奶奶要上厕所，可她觉得浑身没劲儿，动不了。张品正就与高宝奎架着她。厕所那儿有一个台阶，还没迈上那个台阶，老人突然一下就晕过去了，眼珠子翻白眼，嘴也咬得非常紧，胳膊、腿都挺了。小两口哪见过这阵势，赶紧送医院。高宝奎是北京水泵厂的职工，他从厂里找了一辆车，把老太太从三楼双手托起，抱到车上，车风驰电掣地开到医院，经查是急性痢疾，救治完后又拉回来，还是高宝奎，把老太太抱上三楼，然后高宝奎又请中医、熬中药，跑前跑后不得闲。这一切，金奶奶都看在眼里，病好后，她就与小两口住在了一起。原来，老太太原先有顾忌，张品正她是一百个放心，而高宝奎是什么样的人，虽然观察了一年，毕竟不是太放心。经过这一折腾，她彻底放心了。她常常说："好人那！还真是不是一家人，不进一个门呢！"

时间过得飞快。现在张品正和高宝奎的儿子高飞已经25岁了，金奶奶身体也越来越结实，当年急性痢疾住院时，才80多斤重，现在体重到了100斤了。除了从中年就因为中耳炎耳背，到老彻底听不见之外，身体和思维都没有问题。100多岁的她，身体还挺硬朗。她乐呵呵地说："都说养儿防老，我无儿无女，却照样活得很幸福。"

话是这么说，人老了，总有烦心事，总有想不开的时候，特别是每年的9月9日，老伴的忌日，老太太总是很郁闷，特别是近些年，竟然拒绝吃饭。她对劝解她的张品正和高宝奎说："你们甭劝我。我活够了，活这么大岁数没意思，一天就吃两顿饭，给你们添那么大累赘！"

好不容易给老太太喂进一口饭，老太太竟然吐了出来。

见此，高飞接过了妈妈手里的饭碗。他说：“老奶奶，你不吃饭怎么行呢？我今年就要结婚了，你可要壮壮实实的，等着给我看孩子，抱您的重孙子呀！”

老人家眼珠子转了转，笑了，老老实实地张大嘴，让高飞喂她。

张品正说：“其实老太太非常通情达理。她知道，如果高飞结婚之前，她去世了的话，就会不太吉利，所以她就不再固执。再说，高飞是她从小看大的，高飞的零花钱都是由她给（当然是张品正事先给她的），高飞一口一个老奶奶，对她非常亲，她对高飞也当亲重孙看，一天不见也不行，直到上四年级，高飞还与她一张床呢。”说到此，高飞解释说，与老奶奶一张床，其实是为了完成妈妈安排的任务，他和老奶奶住楼下的小屋，万一老奶奶有什么情况，他就按床下的小摁铃，小摁铃连着楼上爸爸妈妈床头的铃铛，爸爸妈妈就会在第一时间下楼救治。

说到老太太的通情达理，张品正还讲了好多细节。比如，老人能精细地计算出高飞上夜班的日子。如果儿子不上夜班儿，她就让张品正多陪她聊一会儿，毕竟，由于耳朵坏了，只有张品正能与她交谈，老太太说话没问题，但别人说什么她就不知道了。但张品正说什么，老太太从她的嘴型上就能看出来，还有，两个人用手势，甚至眼神就能交流。毕竟相依为命30多年了。可是，如果高飞上夜班，金奶奶就催促张品正快给她脱衣服，安排她睡下后好早一点给高飞做饭。

当然，毕竟人老了，有些事情也让人哭笑不得。家里买了冰箱后，冬天，为了省电，张品正就把东西取出来，断电后擦干净，不用了。过几天高宝奎找鞋找袜找不着，最后拉开冰箱门一看，嗬，都在冰箱里呢，塞得满满的。原来老太太觉得，花钱买来这么大的一个器物闲置着，可惜了，就自作主张利用起来了。解释之后，她也笑了。老人头脑清楚，接受新事物还是很快的。

节俭是中国老人的共性。金奶奶也不例外，家中大事小节，她都要管，洗脸的水也不许倒掉，留着冲厕所，炒菜加油多了，她也干涉，久而久之，全家在金奶奶的管理下事事处处注意节约。结果张品正学校盖房子，工薪家庭的她，连买房带装修花了十几万，没过几年，高飞要结婚，家里已经又攒下了10万元现金。张品正感慨地说："家有一老，如有一宝。如果没有金奶奶，我们家根本不可能有积蓄！"说到这些年的感受，张品正却没有话了，她说就是平平常常过日子，没什么可说的。硬要总结的话，她说："孝敬老人不能光是说，要去做，不但要管她吃，管她喝，还要从精神上了解老人，得给老人'做思想工作'。"

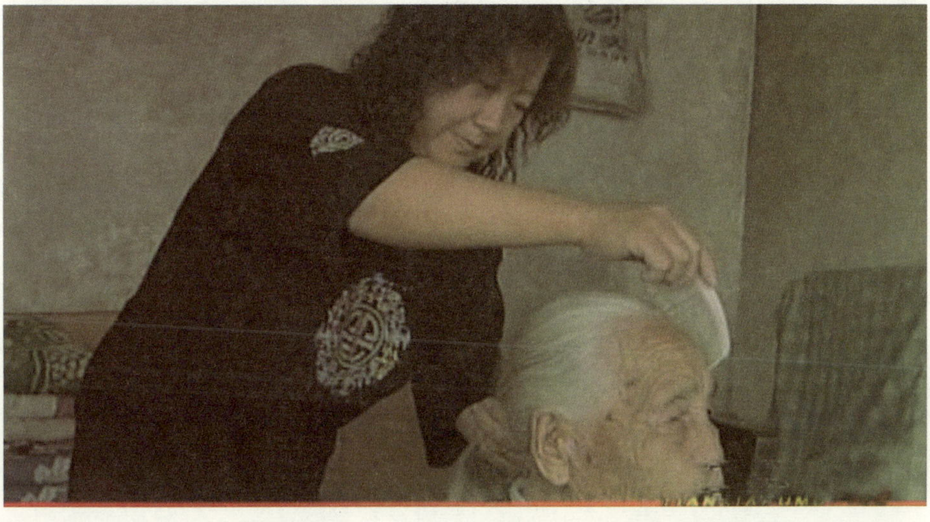

说到孝，张品正的眼圈突然有些发红。她说自己的母亲也70多岁了，身体也不是太好，甚至有时还犯迷糊，为了防止母亲走丢，她给母亲做了块牌子，写上家庭地址联系电话什么的，与母亲出门买菜时给母亲带上。因为之前她与母亲一块出门，她弯腰选菜的时候，母亲自己就走了，家在北面，她却往南走，幸好碰上个邻居，才把她领回家。她说，为了照顾母亲，70多岁的父亲学会了做饭做菜。这令她感慨不已。

她还说，自己其实还挺愧对丈夫。一天下来，只有中午的那点时间，多则一个小时，少了只有半小时，是与丈夫在一起的，其他时间都陪着金奶奶。

对此，高宝奎觉得很应该。他也习惯了。帮助照顾金奶奶早成为他生活的一部分。他和儿子从来都就没感觉到金奶奶不是亲的。

张品正的事迹传开后，先后有好几家电视台扛着摄像机来采访。老太太还挺配合，一本正经，瞪大眼盯着摄像机。记者说："老奶奶你放松点儿，该做什么还做什么，生活化一点儿。"她听不见，照样绷着脸

盯着镜头。记者又说：“老奶奶，你吃点东西吧。”这次她懂了，但是不配合。怎么劝也不张嘴。

这样折腾了几次后，有一天她问张品正：“他们老来拍，拍这么多，是不是要出口呀？”张品正一愣：“出口？出口干什么？”老太太说：“咱们中国有这么长寿的，外国没有，他们拍了是不是拿到外国去吹牛呀？”

张品正忍不住笑了。怪不得老太太一本正经、坚决不吃东西，她是在维护中国人的形象呢！

点评

因为同在一个屋檐下，房客成了朋友；因为曾经比邻而居，外人成了亲人；因为别人一句话的恩泽，就回报一生的付出。常人看来是不等式，但在张品正看来却是一颗平常心。这，也许就是诚信的力量！

30年前的一句诺言，成了一生奉献的誓言。二人世界的情情默契，源自于对一位老人的爱心和责任心。身心正，则人品正。张品正，用心书写工笔正楷的大爱人生！

十八

401个孤寡老人的女儿

贾秀兰

一个普通的农村妇女，竟有401个爹娘。她从小就失去了双亲，如今却每天感受着父母的关爱。为了这401个爹娘，她在22年中放弃了优越的工作，离开了自己的丈夫，甚至失去了一只眼睛。而这一切都源于20多年前的那个决定……

山东阳谷县寿长镇敬老院之所以远近闻名，是因为有个好院长。说起院长贾秀兰，老人们都感动得流泪，称她是“俺们的亲闺女”。20多年来，她亲手照料了401个老人，仅是经她亲手送走的有174个。其中，活到90岁以上的有42个，超过100岁的有4个，丁雪阁老人在她的精心照顾下活到了113岁，创造了当地老人高寿的奇迹。为此，这个敬老院又被当地人称为“长寿院”。

不幸的童年，从贵州流落到山东，记忆中只有小黄狗为伴

48岁的贾秀兰是苗族人，原籍贵州，至今不知道自己的生身父母是谁。8个月大的时候，她被人从贵州送到山东。不幸的是，养母患有精

神疾病。在以后的岁月中，养母带着她改嫁了3次。童年的不幸可想而知。她小时候，印象最深的就是一条跟在她身后的小黄狗。因为养母患有精神疾病，出门后常不回家，幼小的她就抱着小枕头站在邻居家门前等候，有时候她到村边去等，困了就在沙土窝里睡着了，醒来浑身都是土，而那条小黄狗就一直守在她身边。然而，更大的不幸在等着她。14岁时，村里来了一个马戏班子，不谙世事的她被人骗走，卖给了一个大她17岁的残疾人。于是，她就成了他的妻子，成了他的孩子们的后妈。婚后的日子不堪回首。丈夫虐待她，孩子们也不尊重她。逆境中的她不甘沉沦，在艰苦的环境中仍然向往着光明。特别是改革开放后，她通过自学取得了医学文凭，并开了一家诊所，她服务热心，医德真诚，颇受群众欢迎，每月有1000多元的收入。这期间，她成为镇上的先进工作者，还入了党。

1983年，镇领导的一个决定改变了她25岁的命运。为照顾各村的孤寡老人，镇上决定筹建一个敬老院。位置选好了，院长一职却成了难题。挑来选去，镇领导选中了为人热情、责任心强、有一定医疗技术的她。但每月的工资只有40元。悬殊的收入加上她没有伺候老人的经验让她十分踌躇。在镇领导的再三动员下，她决定放弃舒适的诊所，去建设敬老院。她是个不干则已、干什么就必须干好的人。敬老院建设之初，百废待举，她忙得很少回家。而这时，一向对她漠不关心的丈夫却对她横加干涉，借口她春节不回家，对她大打出手。她心一横，干脆结束了这段早该结束的婚姻。

从此，敬老院成了她的家，孤寡老人们成了她的父母。

白手起家，敬老院初具规模

尽管做了充分的思想准备，但上任的第一天，贾秀兰还是不由得有点后怕。这新开张的敬老院是个废弃多年的小企业，条件极其简陋，7亩多大的院子里，孤零零地竖着9间旧屋，院内荒草丛生，房屋破旧不堪。虽然说是院长，其实，敬老院的工作人员只有贾秀兰一个人，她既要做院长，又要做会计，还要做厨师和护工。20多位体弱多病的孤寡老人和伤残老军人都等着她一个人去照顾。

深深地吸了几口气，她冷静下来。镇上经济很困难，这已经是政府能提供的最好的条件了。她撸起袖子，带着几个身体还算硬朗的老人，对敬老院进行改造。没有钱买砖，就到处去捡碎砖；没有钱修葺屋顶，就把旧厂房里剩下的机器都卖了；钱不够，她就干脆把开门诊部挣下的几万块钱也都贴了进去。

经过3年多的艰苦努力，敬老院垒起了300多米的红砖墙，铲平了野草，栽上了小树苗，一个温馨的小院初具规模。

精诚所至，金石为开，老人视她为亲闺女

相比于“硬件”的建设，“软件”建设更为困难。

老人们由于长期独身生活，性格孤僻，对她这个身兼数职的院长有偏见(其实，不论换了谁，在与这些老人相处时都会受到偏见)。老人们处处为难她，比如有位老太太，每天晚上总是等到贾秀兰睡了才喊她，

一会儿要吃药，一会儿要东西，总之是一夜要贾秀兰起床好几次。贾秀兰弄不清老太太为什么总是要这样折腾她，有一次实在忍不住了，就和颜悦色地说："大娘，您有什么事，为什么不在我睡觉前让我干完？为什么不让我一次干完，非得让我起来好几次呢？这么大冷的天，您忍心让我一次次钻凉被窝吗？"老人支吾了半天说："其实……其实……我就是想让你多陪陪我。"又支吾了一阵，才说了实话："我怕你不是在睡觉，而是陪着别的老人说话呢。"

疙瘩解开了，老太太也就不再为难她了。

还有一位，也是老太太，晚上不折腾院长，但每天早晨都把双眼瞪得大大的，盯着贾秀兰的一举一动。她大约也是从小"自强"习惯了吧，倘若贾秀兰起来不首先到她屋里"觐见"，她就会闹事儿。相比之下，这比晚上折腾的那位要好办。贾秀兰就每天早上先去看她，特别是

出差回来，一定先到她屋里坐一坐。老太太就很高兴。

对于这一切辛酸的苦水，她都默默咽进肚子里。面对老人时，她展现的总是笑脸。

而对于那些有病的老人，贾秀兰付出了更多的辛劳和心血。一位老大爷中风偏瘫，吃饭一定要贾秀兰喂，常常把饭菜喷贾秀兰一脸。贾秀兰擦擦脸，继续喂他。阎广田老人是当年参加过解放战争负伤返乡的老军人，他每天早上都一遍一遍地讲着相同的战斗故事，贾秀兰总是耐心地听着。侯宪生老人患便秘很多年了，常常憋得大喊大叫，贾秀兰就马上带上胶皮手套，一点点地帮侯宪生把粪便抠出来。房间里臭气熏天，敬老院的其他老人都不敢靠近，可是贾秀兰就像什么也没有闻到似的。80多岁的侯宪生老人流着眼泪说："小兰，叫我怎么谢你啊，我下辈子变成牛就给你耕地，变成狗就给你看门。"老年人睡眠少，每天5点多钟就有人起床，贾秀兰就强迫自己5点半起来，一个房间一个房间的查

房，给老人做简单的身体检查，陪老人聊天，给生病的老人喂药，还组织老人们在院子里锻炼身体。当锣鼓响起来，老人们在贾秀兰的带领下扭起秧歌时，敬老院里充满着欢乐、充满着喜庆。平时，贾秀兰还与老人下棋、聊天，给老人唱戏听。她的豫剧唱得还挺有味呢。总之，老人喜欢什么、需要什么，她就干什么。她淡淡地微笑着说："尽管我没感受到亲爹娘的温暖，但我待这些老人就跟自己的亲爹娘一样。我不嫌他们脏，我也闻不着他们身上的味。"

她又说："生气我也舍不得嚷他们，谁愿意有病啊，人都会老，因为他们是苦命人，没儿没女，就指望我伺候他们。我舍不得嚷他们，就是自己掉泪，也是到外面自己偷着哭，不会让老人看出来。"

精诚所至，金石为开。贾秀兰以金子般的心换取了老人们的认可。

"非典"时期，她写下遗书，冒死照顾老人

2003年4月，一场突如其来的"非典"肆虐于中华大地，到处人心惶惶。从镇里开完防治非典紧急会议的贾秀兰刚回到敬老院，就被宋大爷等人拦住了。他们告诉她："闫大爷发烧呢，有可能是'非典'！"这个消息对贾秀兰来说无疑是当头一棒。她来不及多想就往闫大爷屋里跑，老人们一下子围住她，死活不让她进去。闫大爷也插上门死活不开门，说若是得了非典他就自己等死，绝不能拖累院长。贾秀兰好不容易把老人们劝回各自的房间，又费了老大的劲劝说闫大爷打开门，给闫大爷量上了体温。39度8！这温度让贾秀兰顿时紧张起来。非典时期，发

热病人每隔半小时必须量一次体温。如果一直高烧不退就很有可能是非典。当贾秀兰第13次给老人量体温，温度计仍然显示39度8时，她几乎绝望了。在办公室，贾秀兰心里怎么也平静不下来。她与闫大爷接触这么长的时间，如果闫大爷是非典，那么也肯定把她给传染上了，结果就只能是她陪着闫大爷一块去世。想到这里，她流着泪给镇里领导写了一封信，信中历数老人的不易，希望镇上选派一个优秀的人来继承她的工作，“一定要找一个好院长，把我的老人伺候好、安顿好。这样就是我死了也放心了。”就在贾秀兰已经做好最坏打算的时候，她拿起体温计第14次为老人测量，让她万万没想到的是，闫大爷的体温居然下降了！她简直不敢相信自己的眼睛。体温下降就意味着不可能是非典，整整三天三夜，闫大爷的体温终于恢复了正常。一个“疑似病人”被排除了，不仅敬老院里，就是镇上和县里也都松了一口气。

这几天，是贾秀兰一生中度过的最漫长、最难熬的时期。

眼睛！眼睛！眼睛！

敬老院所有的人都以为，这场虚惊之后，又可以回到以往平静快乐的生活。可谁也没料到，又一个灾难正悄悄逼近。闫大爷事件之后，贾秀兰眼睛有了毛病，她觉得整个世界仿佛都变了形，有时右眼疼起来让她难以忍受。可正闹非典风波，到处隔离，贾秀兰一直没法外出检查。加上敬老院事儿太多，也离不开。而她右眼的情况越来越糟糕。半年后的一天，贾秀兰的右眼突然看不见了，她这才匆匆赶往医院。医生问她是不是曾碰着或磕着过眼角，贾秀兰这才突然想到守护闫大爷的第三个夜晚，因为太困，头部被桌角狠狠撞了一下。随后眼睛就不舒服。医生说，由于磕碰淤血，没有及时治疗，现在右眼已经失明，无法治疗。这个结论让她无法接受。随后，她又分别去了济南、北京各大医院做全面检查。没想到，让贾秀兰寄予最大希望的北京同仁医院的大夫却说出一个让她大惊失色的答案。医生说："就是因为碰撞引起眼底出血，没及时治疗引发其他眼部疾病才导致眼睛失明。而如果不及时摘除眼球，左眼也会受到牵连而失明！"

这残酷的现实一下子击碎了贾秀兰的心。她想尽快做手术 ，可是敬老院大大小小的琐事哪一样离得了她？更何况，手术需要的几万元费用也让她左右为难，去哪里找那么多钱呢？右眼已经失明的事贾秀兰一直瞒着镇政府，是其他人告诉镇领导的。镇领导非常重视，当地红十字会

很快出面筹集了一笔资金，让贾秀兰火速前往北京治疗。

正当她准备启程动身的时候，敬老院的老人们却乱了阵脚，原来他们都以为贾秀兰要调走。老人们哪里舍得她离开啊！为了挽留她，老人们竟然跪下来求她。当老人们知道她是要到北京治眼睛，特别是知道她右眼已经失明、左眼也已经受到严重损害，如果不及时治疗也会失明时，老人们都非常难过。那些天，敬老院里非常安静，大家都沉浸在一种特殊的氛围中。

对贾秀兰最依赖的老人要数已经90岁高龄的田奶奶，每天临睡前，贾秀兰都去问候老人家几句。这天，老人家把一副珍藏了30多年的德国进口眼镜送给了小兰，希望她能把眼睛治好。

闫大爷更是感激与内疚并存，他哭着叫着要求医生“挖出自己的眼睛给小兰换上”。对老人的这份心，贾秀兰已经不知如何用语言去表

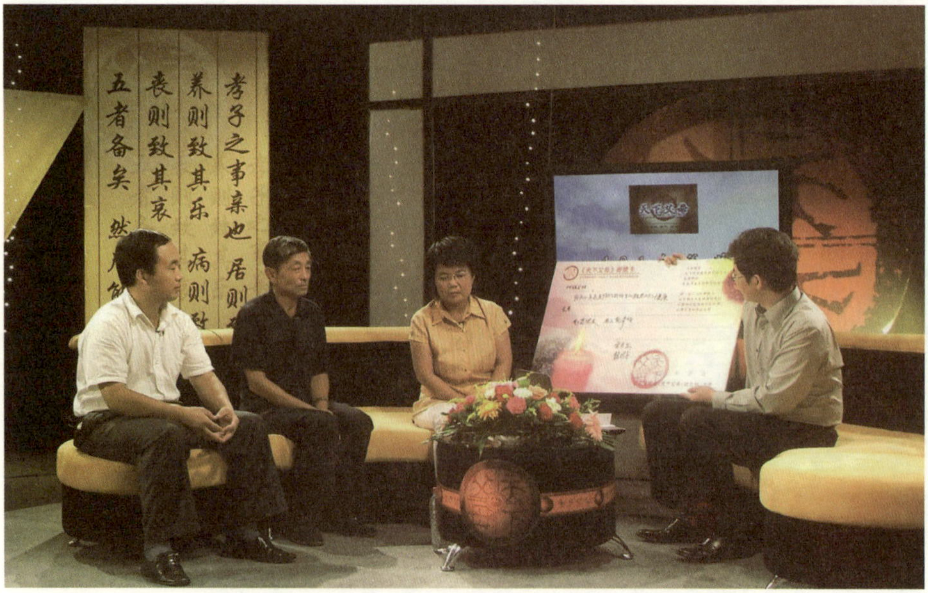

达。贾秀兰觉得自己哪怕是双目失明，也不能扔下这些老人。她暗暗发誓从今往后要对老人加倍体贴、加倍疼爱！她深深知道，自己这一生注定和老人们生死相依。她向老人说明情况，看着老人们的情绪基本稳定下来后，又特意安排老人集体包了一次饺子，把自己最灿烂的笑容留给老人。

“老人们离不开我，我也离不开老人”
“就是叫我当县长我也不走！”

现在，戴着一只义眼球、另一只眼睛视力也很差的贾秀兰仍然是寿长镇敬老院的院长，依然为老人们忙碌着。

“我已经干了24年的敬老院了，好像已经有了职业病。离了这些老人不行，老人离了我也不行。”

说起她与老人们的感情，她泪水涟涟。

有一天，贾秀兰去县里开会，回来晚了，她走在伸手不见五指的小道上，禁不住有些害怕。突然，隐隐约约地，她听见远处敬老院的方向有人在呼唤她的名字。原来是几个身体还算硬朗的老人怕贾秀兰回来的路上不安全，自发地跑出来迎接她。回到院里，她又一次被感动了：院里其他的老人也都没睡，大家都在等她！

有一位老大爷患了病，却坚决不肯到医院治疗。贾秀兰反复做他的工作，他才答应。临走时，他把腰带解下来让贾秀兰保管，说万一他回不来了，这条腰带就送给她。原来，这条特制的夹层腰带里有600多元钱，是老人一生的积蓄！

2004年，孤寡老人蒋广俱患上了不治之症。弥留之际，蒋广俱含混不清地反复喊着："小兰，吃葡萄。小兰，吃葡萄……"直到咽下最后一口气。那时，病房里并没有葡萄，可老人知道贾秀兰平时喜欢吃葡萄，就在他生命的最后一刻还在幻想用葡萄来答谢贾秀兰，表达一个父亲对女儿的疼爱。

贾秀兰敬老爱老的事迹传到了聊城某老年公寓。1995年，市里为贾秀兰办好了手续，想调贾秀兰前去工作。那儿待遇丰厚，条件优越，工作量也小得多。消息在敬老院传开，孤寡老人们乱成了一团，许多老人难过地哭喊，有的老人卷起被子要离开敬老院。早晨，贾秀兰一开门，外边跪满了老人，跪着的、躺着的，还有卷好行李卷的。看见她出来，全都哭成了一片，不让她走……

说起当时的情景，贾秀兰直抹眼泪："他们都是我爹娘一样的人，却给我跪着，我当时就没再仔细考虑，我就说大爷大娘你们都起来吧，别给我磕头了，就是叫我当县长我也不走！"

"你说，就是亲爹娘，能对我这么好吗？我就觉得我对他们有很深的感情。我一点都不后悔，我虽然为了工作失去了眼睛，我一点都不后悔。"

贾秀兰的工作得到了上级领导的肯定和社会各界的认可，被山东省老龄委评为敬老爱老模范，寿张镇敬老院被山东省民政厅评为省一级敬老院，她自己也被山东省民政厅评为模范院长。

在阳谷县政府的支持和贾秀兰的努力下，寿张镇敬老院已经大有改善。来自社会各界的资助，让敬老院老人们也用上了彩电、沙发和电风扇。而在寿张镇，一个高规格的敬老院正在兴建之中，这是县里投资500万元建设的新敬老院。贾秀兰和她的爹娘们将会迎来更美好的明天。而贾秀兰的精神，将会影响更多的人。

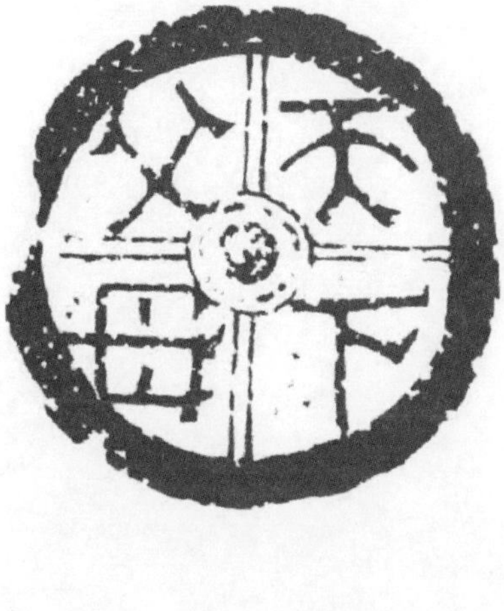

点评

因为曾经苦难，所以对苦难理解得真切；因为曾经孤独，所以她知道孤独的滋味。用苦难和孤独泡大的一颗心，没有生出麻木和冷漠，而是感恩和奉献。

曾经，401个老人没有了依靠，晚景凄惨；而今，401个父母有福，有贾秀兰这个女儿在身边陪伴。不是亲生胜似亲生，不是儿男胜儿男。敬老院是孤残老人的家，更是贾秀兰的家。贾秀兰曾经许诺过，她要为所有老人养老送终。没有人不惊叹，一个人的力量竟有这么大，一个人的心量能有这么宽，能为401个老人养老送终，敬养天年！

贾秀兰，是一棵小草，出身寒微，飘零天涯；贾秀兰，是一棵大树，顶天立地，情暖人间！

十九

三个爸爸共救女儿一条命

常军环

人说母爱如海，父爱如山。特别是对于弱小的女儿来说，父亲永远是挡风遮雨的大树，永远是照亮前程的太阳。如果不是这如山的父爱，也许今天我们这个主人公的命运会就此改写。

在身患重病命悬一线的危难时刻，三个“父亲”的坚守为她打开了希望的门……

故事的主人公叫常军环，住在沧州市刘家庙乡肖官屯村，23岁。她是个普普通通的姑娘，与父母、弟弟与其他人家一样，平静地生活着，像小草之于草原，像波浪之于大海，日出日落，波澜不惊。如果说有什么不同的话，那就是虽然家中不富裕，但父亲对她特别溺爱。

然而从2005年春天开始，常军环身体常常不适，身体无力，甚至出现浮肿。父母带她到医院一查，竟然是尿毒症！这可是要命的病，很快，常军环就发展到靠定期透析维持生命的地步。父母亲心急如焚，可又束手无策。听医生说，这种病最好的治疗方法就是换肾，而且，亲人之间最有可能配型成功。听到这话，父亲、母亲，还有弟弟都为她做了配型试验，可惜都不成功。

一家人陷入困境，眼巴巴地看着军环日复一日地痛苦着、消瘦着，走向生命的尽头。

这时，原村委会主任邵士忠把常军环的父亲常振江叫出来，悄悄向他提了一个建议，这个极有可能抢救女儿的方案，却让常振江陷入两难。

邵士忠的建议是：让军环的生父李福生做配型试试。

原来，常军环和弟弟都是跟着母亲再婚来的，母亲与孩子的生父李福生因为性格不合，已离婚多年。再嫁给常振江时，两个孩子都还小，这么多年来，常振江视俩孩子为己出，丝毫没有隔阂，俩孩子对他也一直非常亲。全村人都为他们家善意地隐瞒着这个秘密，所以，两个孩子都不知道自己的真正身世。常振江的担忧是，如果请军环的生父来做配型，这个保守了十几年的秘密就势必会公开，那么，俩孩子会怎么想？会不会与自己产生隔阂？特别是儿子，自己还指望着他养老送终呢，万一儿子与自己疏远了，自己后半辈子指望谁呢？

然而，最终还是对女儿的感情使常振江痛下决心，同意了邵士忠的建议。毕竟，抢救军环的生命是最重要的。

接下来就是寻找李福生。因为离婚后，李福生就搬离了村子，这么多年来，竟然杳无音信，无从查找。邵士忠多方打听，听到的消息五花八门，有人说李福生拐了个大闺女跑了，有人说他因为欠了人家的钱而躲起来了，还有人说他因为做买卖与人发生争执，被人杀了。总之，说什么的都有，却都不能确定，更没有联系方式。好不容易找到一个似是而非的电话号码，也打不通。

寻找一直没有结果，邵士忠几乎要绝望了。难道李福生从人间蒸发了吗？就在这时，村里李福生的一个亲戚突然回想起一条线索，说一年之前，李福生曾打过一个电话，当时他随手记下了，但不能确定是不是这一个。

抱着试一试的心态，邵士忠拨打了这个电话，居然通了，接电话的果然是李福生。由于长期没有联系了，邵士忠也不知道李福生如今怎么样了，就对他说，他亲生的女儿病危，临终想见他一面。没有提及换肾的事。电话那边，李福生足足沉默了一分钟。邵士忠说："不管怎么说，那是咱们的亲生闺女，不能叫孩子带着遗憾走。"最终，李福生答应两天后回家看女儿。

为了保证这次见面的成功，邵士忠不得不告诉军环：她的亲生父亲是李福生。看着女儿难以置信的表情，妈妈只好向女儿道出了实情。

两天后，在邵士忠的安排下，心情复杂的常军环见到了自己的生身父亲李福生。父女俩相对而立，互相看了对方足足有五分钟，谁也没有说话。过后军环说，面对亲父，她觉得很陌生，在农村，家里有一对儿女的是特别幸福的家庭，而生父却把这个家庭抛弃了，她恨父亲。面对亲生女儿，李福生心里也不是滋味，不知不觉流下了眼泪。

面对相见不相认的尴尬局面，邵士忠很着急，他生怕军环的冷淡气走了李福生，更怕军环拒绝接受生父，耽误换肾的事。终于，经过一番开导，父女俩终于相认了。当邵士忠说明军环的病情和请李福生回来的本意后，李福生没有犹豫，就同意为女儿换肾。

邵士忠带他到医院抽血，做了配型试验。

然而，做完配型后两个人刚到医院门口，突然窜出几个人，邵士忠还没反应过来，李福生已经被那几个人塞进警车，拉走了。

这突然的变故，令邵士忠好一阵回不过神来。毕竟他当过村干部，觉得这青天白日的，不可能有人敢公然地绑架一个大人，是不是李福生真的犯了案子，被公安的便衣逮捕了？赶紧到派出所打听，派出所却不知道，建议他到刑警队问一下。辗转来到刑警队。这儿可不是派出所，能随便打听什么消息的。费了不少周折，才弄清楚，李福生涉嫌诈骗，公安局找他多时了。原来，1999年，李福生做生意的时候，与一家公司签订了价值17万元总量50吨的钢材购销协议，商定货到付款。可是，发货后，李福生和钢材都消失了。接到报案后，警方发现李福生已经潜逃。这次他终于在老家露面，被蹲守的便衣逮个正着。

李福生果然是案犯！邵士忠禁不住倒抽了一口凉气。天网恢恢，欠债还钱，李福生被抓，罪有应得，问题是恰好在要为军环实施换肾手术的时候，军环生命垂危，拖一天就多一份危险。那么，这事该怎么办呢？

就在李福生被抓的第三天，医院传来消息：李福生和军环的血液配型完全符合，可以实施换肾手术，而且，鉴于常家的特殊情况，医院决定免除手术的全部费用。可是，李福生的被捕却完全打乱了换肾的计划。

邵士忠找明白人打听后得知，在宣判入狱之前，李福生绝对不可能给军环实施捐肾。宣判入狱后，经过监狱方的同意，还是有可能的。

邵士忠又开始了新一轮的努力：公安局、检察院、法院。对于一个曾经的农村基层干部来说，这些部门都陌生的很，更何况他提出的要求在共和国司法史上还属史无前例。邵士忠多次碰壁并不在意料之外。但也有许多人被他所讲的理由所打动，给他出主意，帮他想办法。

与此同时，阻力和压力也越来越大。

为常军环的事，邵士忠已经跑了很长一段时间了。现在他已经不是村干部，有人说他做这种“分外事”，“纯属瞎操心”。特别是他的家人，意见更大，自家地里的活顾不上，该挣的钱挣不来了，身体还累得又黑又瘦。既然是根本做不到的事，为什么一定要做呢？咱们又不是不尽心不尽力，对得起自己的良心就行了。

但邵士忠不这么想。常家与邵家关系一直很不错。常军环是他从小看着长大的。**他不能眼看着她就这么被耽误了。只要有一丝希望他就不放弃，只要军环还活着，他就不能放弃。**

几经周折，邵士忠找到了沧州市新华区政法委书记严亚民，并向他讲述了军环的不幸遭遇。严书记被他的真诚打动了，并答应尽力为他协调。于是，中国司法史上第一例为救治病人而对嫌疑犯特事特办的案例就在河北的沧州市发生了。公、检、法对李福生一案采取快审、快判的程序。救女儿心切的李福生也积极配合，如实交代了自己的罪行。然后，在相关部门的特许下，在严密的保安措施下，李福生与常军环实行了捐、换肾手术。

医院里，两组手术同时进行。一边是从李福生身上取肾，一边是为常军环换肾。令人欣慰的是，生父李福生的一颗肾在女儿常军环的身体里存活了！常军环苍白的脸上，渐渐有了红润。

出院回狱之前，在押犯李福生到病房看望了女儿。父女俩手拉着手，相对无言，热泪长流。

常军环出院后，康复得非常快。她特意到监狱看望了再次给她生命的生父。这是一次铁窗内外特殊的相见。女儿带给李福生的，绝不仅仅是儿女之情，而是重新做人的希望。军环鼓励生父好好改造，争取早日出狱，她说，她会好好孝敬生父。

至于养父，常军环和弟弟都表示，他们会一如既往，视养父如生父，为养父养老送终。

令常军环特别不能忘怀的还有一个人，她把他叫做义父，这就是邵士忠。**她说："我能幸福地活在世上，是因为有三个父亲爱我，生父、养父、义父给了我三份无私的爱。"**

点评

生父走了，把抚养子女的责任推给了妻子，把教育子女的责任推给了社会；生父又回来了，为了偿还感情的债务，为了找回为父的责任。当他被警察抓上警车的那一瞬间，相信他没有惊恐、没有悔恨，他可能反而长出了一口气，脸上有了欣慰而放松的笑容绽放。

爱女病危，养父无奈。情急之下，他放下了自己的担心和不安，放下了自己多少年私密的期冀，经受住了一个七尺男儿无法面对的考验。他明白了，女儿和生父流淌着同一血型的液体，找回生父，女儿就有了新生，又多了一份父爱。

无怨无悔，有情有义。邵士忠是一座火炉，将乡亲生活的冬天烤暖；邵士忠是一条纽带，将断裂的亲情连接；邵士忠是一位义士，他不仅用义举改写了中国司法史，也改造了中国农村日益沙化的情感绿洲。

父爱重如山。它能托举起儿女人生中的一切幸福与苦难！

二十

诚信立身 教出三个好儿子

王建英

她没有多少文化，却恪守并教育儿女做人的道理，她没有豪言壮语，却懂得教子先正己，用自己的行为为子女做着示范。一个朴素的农村妇女，用最朴素的道德标准要求着自己、要求着儿女，却教出了一门三个不平凡的儿子。

母亲王建英：十四年前的一个故事

北圈村是山东滨州市无棣县渤海湾边一个普通的村子。村里有一户姓张的人家。十四年前，这个村子还是当地有名的贫困村。这也难怪，眼前是海水清浅的渤海滩涂，脚下是寸草不生的盐碱地，住的是低矮的草屋，吃的是掺了野菜的窝窝头。可是，就在这样贫穷的村子里，却出了一件令四邻八乡都啧啧称赞，而且至今提起来还是佳话的故事。

路过这村子的人都十分奇怪，因为村北头的大街放了岗。往来车辆和牲口远远地就被拦住，绕道而行。放哨的和村里人经过这儿时，都脱掉鞋子，赤脚而过，不发出一点声响，人们说话也都尽量地压低了嗓音，主要是打手势。村民们原来养在家中的大小牲畜，也都牵到了村外。

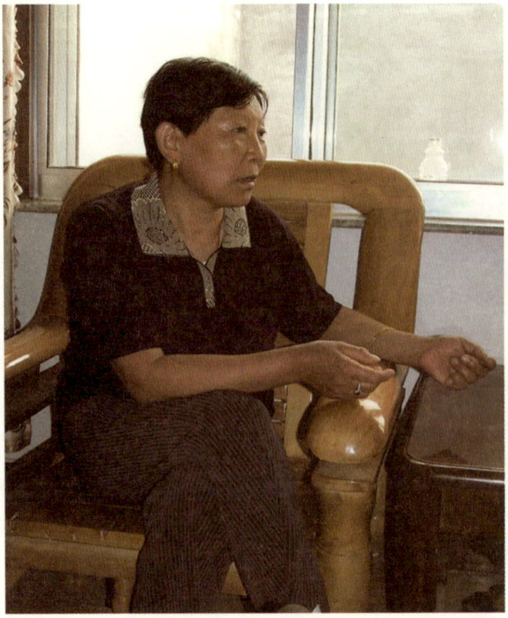

他们为什么这样尽心尽力地保持这一带的安静？是什么大人物来了？或者是在开什么重要的秘密会议？

都不是。这是因为路旁这几间与其他农家同样低矮的草屋里，有一个名叫王建英的中年妇女，三天前的午夜突发心脏病。村民们得知后，都来看望，五六十个人簇拥着、争着抬担架，浩浩荡荡送往医院。在医院呆了两天，病情越来越重，医生下了病危通知书，又叫抬回了家。眼看着王建英命悬一线，家中连“老衣裳”都预备好了。张家悲痛，全村人也都悲痛，村民们自发地维持这一带的安静，是怕打扰她的休息。全村人都祈祷她转危为安，早日康复。

一个普通的村妇，何以受到全村人如此的尊敬？人们又为什么称她为“活菩萨”？

王建英的丈夫姓张，是晒盐工。虽说一月有42元的收入，但在改革开放之前的“一大二公”“穷过渡”时代，得交生产队22元“买工分”，上有老、下有小，王建英就靠这20元钱操持着全家过日子，生活与左邻右舍一样艰辛，她和孩子们整天吃的是掺了野菜的窝窝头。可村里人谁家有了困难，只要到她家说一声，她保准能拿出钱来，就是家里没有，她也不说没有，而是说你稍等，我去给你拿，然后她到别人家借钱给这个有困难的人。她有三儿一女，孩子多，生活就更紧。她就早起晚睡，蒸了馒头让孩子去卖。那时候干这个还属于“资本主义尾巴”，不敢公开地叫卖，孩子们挎个篮子，放上馒头，再盖块布，然后走到各家各户，问人家要不要馒头。但如果本村和附近村里有人家盖屋、或者是有红白事，她一定叫孩子送上一篮子馒头。孩子们非常不理解，说：“本村的还好说，外村的，不认不识的，凭啥给人家送这么多白面馒头？”还有，邻居家的孩子来他们家玩儿，王建英必定要给这孩子一个白面馒头。对此，孩子更有意见，因为别看他们卖，但妈妈从来不准他们吃。孩子们说：“咱自家还舍不得吃呢，凭啥给他吃？咱们吃的老是窝窝头、野菜糊饼子！”她就教育孩子说：“吃窝窝头不照样能吃饱？

做人最要紧的是“为人”，低头不见抬头见的，咱们家卖馒头，人家有事，不送几个馒头说不过去。”她还是村里的“义务调解员”，不论哪两家闹点什么矛盾、也不论谁家婆媳不合、妯娌红脸，只要她去了，没有调解不了的。因为她主持公道，说话在理，威信又高。

由于她名声在外，她的大儿媳妇，就是亲家母领着闺女亲自找上门来的。后来她的二儿媳妇也是与大儿媳妇同村的，不能不说与她人品好、名声在外有关。

在村里人的祈祷和关心下，在全家人的照料下，病危的王建英居然神奇般地挺了过来，而且越活越硬朗。村人都说：“这是好心有好报。”

二儿子张荣强：诚信掘得第一桶金

好心有好报的“大头”还在后头。

渤海湾边有个埕口盐场，占地140平方公里。一个接一个的晒盐池一望无际，中间，是一座座的盐山。大货车络绎不断，把盐拉走。盐场还建了专用码头，购买了专用货船，仅一年上缴的税收就两三千万元!

这个大盐场的经营者，是王建英的二儿子张荣强。1969年12月出生的张荣强，现任山东埕口盐化公司董事长。山东省捐资助学先进个人，是著名企业家，也是著名的儒商。

改革开放之后，王建英的大儿子和二儿子都做起了生意。但是头几桩生意都没挣着什么钱。20世纪90年代中期，二儿子张荣强看准了一个风险很大的买卖。当地人有养殖“丰年虫卵”的传统，这“丰年虫卵”是养殖对虾的专用饲料。有着软黄金之称的对虾，好吃、好卖、却难养。小对虾刚孵出来时，就得吃活食。那么小的东西能吃下什么呢？丰年虫卵投放下去，小虫虫孵化出来，正好是对虾苗的美餐。所以养殖对虾第一步就得购买丰年虫卵。对虾价格贵，丰年虫卵价格更贵，最贵的时候，这丰年虫卵比黄金还贵呢！

中国人有个习惯，看什么挣钱就都干什么。那些年渤海湾边有许多人养殖和收购倒卖丰年虫卵。干的人一多，就难免泥沙俱下，于是有的人就开始掺杂使假，当地有一种草种子，与丰年虫卵很相似，有人就掺了卖，草种子就卖了黄金的价。有带头的，就一哄而上跟着学，最火爆的时候，卖假虫卵的竟然达到80%！这可把养殖对虾的坑惨了，养殖对虾是高投资、高风险、高回报的产业，就因为第一个环节出了问题，买了假的丰年虫卵，整池子的虾苗就全死光了。血本无归，还贷无望，上当的人跳海的心都有了。于是，埕口这一带的丰年虫卵就“臭了

名声”，没人敢要了。造假的把不造假的也害苦了，真虫卵也卖不出去了。面对积压的丰年虫卵，农民们欲哭无泪。张荣强就把当地积压的丰年虫卵收购起来，注册了个“金山”商标，然后带着产品来到广东沿海，一家一家地向养殖对虾专业户推销。一听说他是山东无棣来的，都说不敢要。张荣强说：“我这货保证是真的。这样好不好，钱我先不收，货你用，如果是假的你不给我钱，如果用着好，给钱不给钱也随便你，给多少我就收多少，不给我也不催。咱们也不用记账，好不好？”对方见他态度诚恳，就收下了。过后一用，全是优质品。绝大多数都把钱给他汇了过来。张荣强不但挣到了第一桶金，而且金山牌丰年虫卵还在东南沿海出了名。养殖专业户只认金山牌。甚至连东南亚各国的对虾养殖大户也只认金山牌虫卵。张荣强的买卖越做越大，终于惊动了世界上最大的做丰年虫卵的垄断商人，这位比利时人感受到了这个来自中国农民的威胁，他一连数次跑到山东无棣的渤海湾边，找到张荣强，提出收购“金山”这个商标。几经谈判，最后以巨额成交。2004年8月，通

过竞拍，张荣强用这些钱收购了濒于破产的埕口盐厂，他把盐业、化工、养殖等结合起来，科学管理、科学经营，在很短的时间就使盐厂起死回生，产量和效益翻番，工人的收入也打着滚地往上长。

张荣强身价过亿。张家也成为当地首富。但是，成为亿万富翁的张荣强一点儿也没有大老板的架子。他非常朴实，非常平易近人。他每天与员工一起在职工食堂吃饭（职工的一日三餐都可以在场里吃，每人每天交4元钱，其余的由场部补助，每餐两菜一汤，主食随量吃），穿的和用的也很朴素。他说："虽然我掌管着很大一部分资产，但这并不是完全通过我个人的劳动所得，更重要的是依仗着国家改革开放的好政策，依仗着富民政策的大气候带动。这部分资产是属于社会的，不是某个人的。我不过是个管理者，我得为国家负责、为社会负责、为职工负责。"因此，他的经营理念就是：对国家诚信、对社会诚信、对员工诚信。

除了及时足额交税，他还热心于社会公益事业。仅去年一年，为村里修路、盖学校、建老年人活动中心，他就捐出480万元。他还资助着50多个大学生。至于帮助乡里乡亲的，那就更无法统计了。不管谁家有难，包括天灾人祸、孩子上大学交不起学费，求到他们门上当然不用说，就是没向他们家求助的，让他家人知道了，就会把钱送去。有户人家的孩子考上大学上不起，要退学，学校却来通知上课，一打听，原来是张家替他们把一万多元的学费交上了。

张荣强说："这是妈妈教育我的。"妈妈经常说："有一家穷亲戚，你不算富。有十家富亲戚，你不算穷。"妈妈还说："挣了钱，万八千是自己的，十万八万是集体的，再多就是国家的了。”

如果我们的企业家都有这样的境界，国家何愁不富？

大儿子张荣安：从那以后我再也不偷吃馒头了

大儿子张荣安现在是比利时那个垄断商在无棣的代理。他说：“合同上规定，转让出‘金山’商标后，我们三年内不得从事这个行业。同时，由于我们靠得住，对方委托我们替他经营这一块。现在，咱们经营得挺好，人家也挺满意。”

说来说去，还是一个“诚信”。张荣安从小就是调皮鬼。上学时家里穷，他竟然光着屁股就到了学校，被老师赶回家穿了条裤子才准他进教室。有一次他偷了母亲5分钱，买了2分钱的葱（当地盐碱地不长葱，买两棵葱是当水果吃），被母亲得知后，教训了一顿。他只上到小学毕业，很早就帮着妈妈挣钱养家，做过好几种买卖。从13岁开始，他领着弟弟张荣强卖馒头。卖一天馒头也挺辛苦的，回家路上，他就拿出一个卖剩下的馒头掰开，给弟弟一半。弟弟不吃，他就狼吞虎咽地把弟弟的那一半也吃下肚。他的理论是，不吃白不吃，反正妈妈又不识字，再说馒头拿回家，妈妈又从来不让他们吃，而是送给邻居的孩子。他说，18岁之前，他从来没吃过白面的馒头，除了偷吃。也不知道妈妈是否察觉，但妈妈从来没揭穿过他这点小秘密。

有一天是星期六的夜里，他起来小便，发现满屋里是水蒸气。雾气腾腾的。原来妈妈要蒸一通宵的馒头，好让他们兄弟二人趁星期天多卖点儿。他看到满屋里白花花的一片，到处都是蒸熟的馒头，弥漫着香气。而浑身是汗的妈妈正费力地啃着一块凉糊饼子，咬一口，嚼好长时间，喝一口水冲下去。这糊饼子是用玉米面加上野菜做的，又苦又涩，相比之下，刚出锅的馒头就是山珍海味。他惊呆了，不知不觉眼角渗出了泪水。他悄悄地回到床上，再也没有睡着。从此，他再也没偷吃过馒头。再也没偷花过一分钱。

小儿子张荣涛：破冰救人，夫妻双双立功
近两辈男人中，至少救起过六条人命

1994年，王建英的小儿子张荣涛毕业后面临就业。哥哥们提出让他就在他们的企业里干，学着管管财务什么的。提出的条件是给他配一辆高级轿车，工资8000元。“打虎亲兄弟，上阵父子兵。”两个哥哥的想

法是很自然的。可是张荣涛却说想当兵。张荣强和张荣安是明白人，并没有劝说弟弟，而是支持弟弟的选择。于是，弟弟走进了军营，走上了舰艇，成为一名光荣的海军军官，并且与女军官孙明燕喜结良缘。2006年春节期间，小两口带着刚满周岁的女儿回到老家过节，正月十二那天，他们一家三口开着车去走亲戚。当时天寒地冻，路上满是积雪，他们小心翼翼地开着车，突然，他们发现路边河里的冰面上有一片塌陷，一辆农用车翻在冰水里，有人在冰水中挣扎。不好，有人落水！他们停车，顾不得因惊吓而啼哭不止的女儿，破冰下水，冒着生命危险，一连救起三人。又把他们送到医院，替他们交上押金，直到一切就绪，确信落水人无生命危险才开车回家。原来，这也是走亲戚的，由于喝了酒，就把车开到冰水中去了。做了这样的事，他们觉得很应该，并没有声

张。后来，被救者打听到了救人的是军人，感谢信送进军营，部队首长才得知，小两口双双立功。这事还上了《人民日报》，占了好大的篇幅。当地报纸更是连登了好几个头版，都是带巨幅照片的大块文章。

而当我们走进这个家庭后，才惊讶地发现，这个家庭的感人故事还有很多很多！仅仅在这两辈中的四个成年男人中，竟然有三个救过共计至少六条人命！王建英的丈夫，当年在盐场上班时，有一次碰上一个出车祸的，肇事车辆逃逸，两个伤者浑身是血。他二话不说，拦住一辆三轮车把两个伤员送到医院，并且替他们挂号、找大夫进行抢救。伤员的家属听到消息急急忙忙赶到医院，也不论青红皂白，揪住他就打。后来得知打错了，又连连赔礼道歉。而他却一点也不气不火，只为伤员转危为安而高兴。在改革开放之前，张荣安到东北做买卖，在路上遇上一辆惊了马的马车，车老板由于缰绳缠在手腕上而被拖倒，眼看就要被车轮碾压而死，张荣安一个箭步跨上前，死死地抱住惊马的脖子，大车停住了，浑身是血的车老板顾不得看自己的伤口，一下子就朝张荣安跪下了，连叫救命恩人。他说，若不是惊马被拦住，他搭上命不说，还不知要伤害到多少人！他要给张荣安钱表示感谢，被张荣安婉拒。

采访结束，盐场的司机在送我们回济南的路上说，就在前不久，张荣强到广州谈业务时偶感不适，到医院就诊，看到一个外地人因钱不够而急得直哭。他问明情况，当场就掏出2000元钱让他住院。那人感恩不尽，一定要问他叫什么名字，张荣强最后说的是："你知道我是山东人就行了。"2006年6月，王建英被评为全省十大优秀母亲。光是看看她的几个孩子，她就当之无愧。

点评

给予别人时多，留给自己时少；想别人时多，念自己时少。一家人可以舍掉一切为别人，自己只留下诚信立身。

俗人看来，王建英和他的家人不像时下的生意人聪明，其实她们比更多的生意人更有智慧：时时想着别人，别人就会想着自己；事事让着别人，别人就会帮助自己；自己成就别人，别人也就成就了自己。

王建英一家人在践行和验证着那句古语：谋利当谋天下利，求名应求万代名！

附 录

领导专家谈《天下父母》

“孝感天下、爱传万家”。山东卫视《天下父母》栏目以弘扬中华民族传统文化——“孝道”为宗旨，自2004年开播以来，推出了一大批孝老爱亲、无私奉献、道德高尚、感天动地的典型人物，引发社会强烈反响，不仅深受广大观众欢迎，而且得到中央领导同志的高度肯定。《天下父母》栏目已成为山东卫视情义立台的扛鼎之作，成为全国广电系统的先进典型，成为传播社会主义核心价值理念的重要阵地。为深入挖掘《天下父母》栏目所蕴涵的理论意义和实践价值，着力推进社会主义价值体系建设，2011年5月16日，光明日报与山东省委宣传部、山东省广电局在济南联合召开了山东卫视《天下父母》栏目研讨会。领导和专家对《天下父母》栏目作为弘扬社会主义核心价值观的重要平台给予了很高的评价。

中央政治局常委李长春同志在光明日报社《关于宣传山东卫视，<天下父母>栏目的情况报告》中做出批示：

道德建设是社会主义核心价值体系的四个组成部分之一，中央电视台、光明日报都要把道德文化建设纳入重要议程，探索树立正面典型为主，辅之以必要的舆论导向，特别是全社会关注的诚信问题、孝道问题，要作为道德建设的重点，实实在在地加以推进。

中宣部长刘云山同志在《光明日报》2011年5月15日《听孝道故事，眼泪刷地下来了——山东卫视天下父母感动千万观众》一文后做出批示：

电视是影响最大的大众传媒，如何发挥电视的作用，推动思想道德建设、社会风尚建设，应该是电视媒体的社会责任。现在电视上竞相开办的相亲、选秀等过度娱乐化的节目，有的以低格调、媚俗取悦观众，片面追求收视率，产生了很不好的社会效果。要总结推广山东台《天下父母》的经验，多办一些这样品位高、有教育意义的栏目，扭转一些电视台的不良倾向。

光明日报总编辑胡占凡：《天下父母》是弘扬社会主义核心价值体系的重要传播平台

《天下父母》栏目不仅是山东广电系统的一个重要品牌，也是在全国范围内有着广泛影响力的优秀电视栏目。《天下父母》之所以能有如此长久的生命力，之所以能一而再、再而三地让我们感动，之所以受到社会各界广泛的好评，自有它的道理：

第一，《天下父母》主动承担着弘扬社会主义核心价值理念的重要使命。中华民族的优秀传统文化，包括孝道文化，都是社会主义价值体系的重要思想资源。《天下父母》的每一个故事后面，都蕴藏着深刻的理论意义和实践价值。故事的主人公善良而坚强，他们都是普通老百姓，他们的事迹本身就是社会主义核心价值体系的深入体现。

第二，《天下父母》主动肩负着构建社会主义和谐社会的重要使命。“孝道”是中国人自古以来积淀的一种文明。孝老是家庭和谐的基础，家庭是社会的细胞，每个家庭和谐了，这个社会也就和谐了。所以，弘扬中华民族的传统孝道，重建与现代文明相适应的孝道文化，对于融合代际关系，实现家庭和睦，进而促进社会和谐，具有重要的现实意义。

第三，《天下父母》主动承载着加强未成年人思想道德建设的重要使命。在当前文化日益多样、多变的社会背景下，现在的年轻人都讲自我价值的实现，都将讲个性，讲自己的权利，特别是独生子女，如何关心他人、如何孝敬父母，这些问题都需要媒体加以引导。《天下父母》在这方面做了很多探索，也取得了很好的效果。

第四，《天下父母》主动担当着媒体的社会责任，自觉做先进文化的传播者和社会主义核心价值理念的弘扬者，体现了一个媒体的价值取向和社会责任感。尤其是在个别媒体过度追求娱乐化的背景下，山东卫视《天下父母》栏目的选择和坚守，为我们树立了一个榜样。

《光明日报》将大力褒扬和宣传像《天下父母》栏目这样的先进典型，大力颂扬有血有肉有灵魂的模范人物，为全面推进社会主义核心价值体系建设打造一个高水平的传播平台。

中共山东省委常委、宣传部部长孙守刚：《天下父母》是一张亮丽的齐鲁文化名片

《天下父母》栏目开播近七年来，植根丰厚的齐鲁优秀传统文化中，秉承真诚、真心、真情的栏目特色，得到了群众的普遍认可和社会的广泛好评，已经成为传播弘扬中华优秀传统美德、传播弘扬社会主义核心价值体系的重要品牌。《天下父母》栏目通过电视这样一个平台，向社会各界传播孝道，激发人们对孝道的认同和遵从，提倡孝顺父母、尊老爱亲的良好风气，起到了很好的社会效果，值得深入宣传和大力推广。

山东作为一个有着深厚文化底蕴和优良文化传统的省份，在我国传统文化的创造和传承方面，始终昂首向前、永不停步。我们希望通过专家学者们的深入探讨，借助《光明日报》这个重要的传播平台，使《天下父母》这一栏目得到更多人的关注，使中华民族的传统美德得到更好的继承和弘扬，使社会主义核心价值体系更加深入人心。希望通过此次研讨会，进一步提升节目的质量，进一步放大节目的影响力和感染力，真正打造出一个更加亮丽的齐鲁文化名片。

山东广播电影电视局局长刘长允：党的新闻媒体要勇担社会责任

《天下父母》近七年来始终坚持传播优秀文化，积极传播和弘扬社会主义价值理念，坚持以情感人、以情育人，一直不断地采访这些孝老典型，传播亲情故事，传播尊老敬老故事，正是这种导向，使《天下父母》栏目成了山东卫视优秀的品牌节目。同时，策划了近百场有影响的公益活动，2006年荣获“全国优秀电视节目”称号，连续两年获得“星光奖”，2010年获得“中国广播影视大奖”。

在思想道德建设上，电视媒体应该发挥很重要的作用，坚守媒体社会责任。孝是一种美德，亲情孝道是人生最美好的情感。在我们所播出的节目中，有扎根山村52年的人民教师，有从两三岁就照顾父母的青岛女孩，有三四十年用上百个胶卷记录父母生活的子女等等，他们的感人事迹向我们展示了血浓于水的骨肉亲情以及超越了血缘亲情的人间大爱。

中国传媒大学艺术研究院院长、博士生导师仲呈祥：《天下父母》是弘扬民族的优秀文化、真正体现文化自强的好栏目

《天下父母》这个栏目很重要的贡献，是它用七年多的时间，有力地对时下需要调控的、失衡的电视文化生态环境作出了它自己的贡献。

党的十七届五中全会提出文化的功能是“引导社会、教育人民、推动发展”。文化自觉、文化自信、文化自强应当成为文化建设的主旋律。像《天下父母》这样弘扬民族的优秀文化、真正体现文化自强的这样的好栏目非常有意义。

作为一名普通观众和理论研究工作者，我个人非常反感一些媒体炒作明星的绯闻和隐私，这样的媒体谈何引导社会？又怎么教育人民？又如何能推动发展呢？《天下父母》栏目就是强精神、强灵魂的栏目。如果每个电视台都有一个或多个这样的栏目，我们的和谐社会就有精神支撑了。

国家广播电影电视总局宣传管理司巡视员兼副司长李宗达：《天下父母》体现了广播电视对未成年人的思想道德教育的作用

几年来《天下父母》已经取得了很好的成绩，栏目的策划思路、制作理念特别是勇于创新、勇于探索的实践精神都值得国家广电总局研究借鉴。

首先，《天下父母》抓住了家庭稳定和谐是构建和谐社会的根本要素，把孝道解读为两层含义。狭义地说就是孝敬父母、尊重长辈；广义地说就是热爱祖国，恪守职责。节目通过一个个尊老爱幼、亲情孝道的真实故事，传达给观众，成为家庭和睦、社会和谐、国家兴旺的重要道德保障。

其次，《天下父母》承担起广播电视对未成年人思想道德教育的作用。一个是针对孩子，讲述那些感天动地的故事，是一部青少年的生动教材。另一个是在现实条件下，讲述父母如何培养和教育子女。

第三，节目强化了公益内涵，通过媒体活动，让传播中华传统孝道深入人心。《天下父母》充分践行，挖掘公共文化平台的服务引导，通过多种渠道进行宣传报道，并组织老百姓喜闻乐见的丰富多彩的孝心教育活动。

北京大学电视研究中心主任、博士生导师俞虹：《天下父母》是在有意义、有价值、有情感，在真心、真诚、真情的基础上进行传播

《天下父母》栏目在观念上，给予了我们很多可以借鉴的东西，栏目展示的实际上是非常微观的关系，它从社会最微小的细胞家庭这个角度，来让我们看到一个宏观的价值呈现过程。它的价值是将文化传播提升到文化建设这样的一个有意义的层面。

传播文化是大众媒介最重要的职能，但是在传播的过程中是否真正能做到最有建设性，是一个重大的挑战。在泛娱乐化的环境下，山东卫视《天下父母》选择以孝文化为基础，选择以百善孝为先这样一个核心理念去进行传播，去选择有意义、有价值、有情感的典型故事，在真心、真诚、真情的基础上进行传播，非常具有建设意义。

《天下父母》给予了典范的价值意义。任何传播从传播学角度来说，一定要选择传播接受的最大化和传播效果的最大化。《天下父母》坚守了它的文化取向，利用二次传播的有效使用，实现最大效果的影响力。

《天下父母》在传播讲述孝道故事上还有进一步拓展的空间。比如说栏目在坚守主旨的前提下，能否拓展我们在新时期和当前背景下的一些新故事、新表达？在孝的处理上，它除了一种传统的、基本的表达方式，如何有更多的表达？这都是新时期值得探讨、需要解决的问题。

亲情教育基地代表、山东科技大学材料学院党委书记王晓东：《天下父母》脱离低俗文化，为传播社会主义核心价值观作出了积极贡献

如何把大学生培养成德才兼备、情爱丰盈的优秀人才，我们一直在积极探索。2006年，无意中观看了一期《天下父母》的节目，使我潸然泪下、茅塞顿开。在获悉省广电局联合举办《天下父母》进校园活动后，我们经过积极申请，在山东科技大学设立了山东卫视《天下父母》亲情教育基地。自此我们依托亲情教育基地优势，风生水起，如火如荼地开展了一系列亲情教育活动，在同学中引起轰动。我们注重亲情教育，坚持以德化人，回归人性的本真状态，使亲情教育得到学生家长的高度认可，很多家长打来电话都说孩子长大了。

通过亲情教育触动了大学生心中最柔软的东西，促进了高校人才培养质量的提高。开展亲情教育也使我院学风日益浓厚，毕业就业率在全校位列前茅。作为《天下父母》忠实的观众和受众，我觉得《天下父母》有自己的鲜明特点，那就是贴近实际、贴近群众，找准了父母亲情这个老百姓关心的话题，每一期都能成为老百姓的精神食粮。在日益喧嚣的当下，《天下父母》脱离低俗文化，为传播社会主义核心价值观作出了积极贡献。

中国演艺界十大孝子代表、著名演员萨日娜：我们该怎么样去普及孝道、提倡孝行，《天下父母》给我们做了特别好的榜样

《天下父母》就是弘扬中华民族传统孝道的栏目。什么才是真正的孝？如何做才能尽孝？真正的孝不仅仅是孩子对待给自己生命的父母，更多的是敬爱爱人，孝敬父母师长，关爱青少年，热爱自然，热爱祖国，保护环境，关心邻里，关心每一个人。这是一种和谐，也是我们应该提倡的一种孝道。

我觉得一个社会价值观的形成，教育是最关键的核心，教是分两边的，这边是孝，这边是文，首先是孝，教会了怎么去孝敬，然后去教他文，在孩子人生过程中，除了学校，现在电视成为了一个最重要能够深入人心的一种方式，作为电视人，我们该怎么样去普及孝道、提倡孝行，有这样一个责任，在这方面，《天下父母》栏目给我们做了特别好的榜样。

全国敬老爱老助老主题活动组委会主任李宝库：

父母生我、养我、教我，一切照顾我，父母对我的恩德无以言表。《天下父母》让我们发现，我们对孝道的需求是那样迫切。

中共中央宣传部文艺局副局长孟祥林：

要在创新中坚守，坚守什么，就是坚守民族的文化品味，坚守民族的精神，一个是创新，一个是坚守。《天下父母》把这两个关系处理得很好。

国家广播电影电视总局副总编辑金德龙：

《天下父母》有一种感动，对心灵的一种打动。她通过诉说父亲、母亲和子女之间的感情，反映出人世间非常美好的情感交流，整个节目做得很优美很感人。

北京师范大学艺术与传媒学院教授于丹：

我们今天评选中国孝子，特别是把目光放向平民百姓，这是山东卫视立足在儒家的这片黄天厚土，对我们传统文化回归做的一个实际感召。因为真正的孝心就在平民百姓里，就在家家户户中，能够把我们老百姓身边的事情，通过电视屏幕，让我们老百姓每天都愿意看一看自己身边发生的事。通过这种形式表现出来，我想对我们社会影响很大。

北京大学教授王岳川：

我要感谢山东电视台，他们坚持办《天下父母》这样一个亲情栏目，做了了不起的工作， 所以我送给《天下父母》八个字：孝行亿家，天下为公。

影视导演翟俊杰：

真诚地感谢山东电视台，创办了这样一个不单单是个电视节目，而且已远远地影响到海内外的一个品牌栏目《天下父母》，功莫大焉，功莫大焉，功德无量，功德无量。”